FERNANDO VAZ

Ilustrações

CRIS & JEAN

SABOR DE VITÓRIA

Coleção Jabuti Vida

10ª edição

Conforme a nova ortografia

Editora Saraiva

Editor: CLÁUDIA ABELING-SZABO
Suplemento de trabalho: LUIZ ANTONIO AGUIAR
Preparação de texto: CARMEM TERESA SIMÕES COSTA
Coordenação de revisão: LIVIA MARIA GIORGIO
Gerência de arte: NAIR DE MEDEIROS BARBOSA
Supervisão de arte: JOÃO BATISTA RIBEIRO FILHO
Produção gráfica: ROGÉRIO STRELCIUC
Impressão e acabamento: VOX GRÁFICA

Dados Internacionais de Catalogação na Publicação (CIP)
(Câmara Brasileira do Livro, SP, Brasil)

Vaz, Fernando
Sabor de vitória / Fernando Vaz ; ilustrações Cris & Jean — 10. ed. — São Paulo : Saraiva, 2009. — (Jabuti)

ISBN 978-85-02-07973-1

1. Literatura infantojuvenil I. Cris. II. Jean III. Título. IV. Série.

97-2011 CDD-028.5

Índices para catálogo sistemático:

1. Literatura infantojuvenil 028.5
2. Literatura juvenil 028.5

10ª tiragem, 2021

Editora Saraiva

Avenida das Nações Unidas, 7221 – Pinheiros
CEP 05425-902 – São Paulo – SP
Tel.: (0xx11) 4003-3061
www.editorasaraiva.com.br
atendimento@aticascipione.com.br

CL: 810037
CAE: 571338

Esta conversa foi o começo de tudo

— Por que a gente não forma um time de futebol?

— Boa ideia!

— Como vai se chamar?

— Eu vou ser beque.

— Não quero nem saber, o goleiro sou eu.

— Se não for na ponta-direita, não jogo.

— Calma, gente! Nem formamos o time e já estamos brigando por causa de posição!

— Além de tudo, um time tem onze jogadores e nós somos só cinco.

— Vai ter lugar pra todo mundo.

— É. Mas tem uma coisa: um time precisa de campo pra treinar, de bola, de camisa, de nome.

— Nome já tenho: Palmeirinha.

— Essa não! Muito melhor: Corintinha!

— Sai dessa, cara! Botafogo é que é.

— Comercial, isso sim.

— Pô, gente! Vamos parar de brigar e conversar direito! Parece que vocês não entendem que desse jeito não sai time nenhum.

— Isso mesmo. Vamos conversar direito.

— O mais importante é a bola. A minha é oficial, posso emprestar.

— Não. O time tem de ter suas próprias coisas pra não ficar na dependência de ninguém.

— Falou e disse, bichão.

— Você acha que sou disso, cara?

— Não, mas acho melhor o time ter suas próprias coisas. Não depender de ninguém.

— Estou de acordo.
— Mas como o time vai comprar bola? Com que dinheiro?
— Bola até que é o de menos: a gente faz uma vaquinha, não sai caro. O duro são as outras coisas: campo, uniforme...
— E o nome, pô! Afinal, time sem nome não existe.
— Está certo, certíssimo. Acho que deve ser Palmeirinha.
— Corintinha!
— Botafogo!
— Comercial!
— Pô, vai começar de novo?! Desse jeito o time não sai. Nome não custa dinheiro; a gente escolhe depois. O importante é bola, uniforme e campo: pra essas coisas vamos precisar de grana.
— Certíssimo.
— Concordo. Acho inclusive que o time tem de ter um nome diferente do dos profissionais; assim não dá briga.
— Boa ideia!
— Devia ser Paulistinha F. C.
— Quer puxar a brasa pro São Paulo, quer?
— Por que não Jardim Paulista F. C.?
— Jardim Paulista? Muito comprido!
— Pô, gente, vamos deixar a questão do nome pra depois. Acho que precisamos pensar em comprar no mínimo a bola. Já é um começo.
— Isso mesmo! Provisoriamente, a gente pode ir treinando aqui na rua.
— Por que não no terreno da esquina da rua Cravinhos?
— Boa! A gente limpa direitinho, fazemos duas traves e pronto! Já é um campo.
— Certo, certíssimo.
— Mas e a bola?
— Quanto pode custar uma bola?
— Fácil, só ligar pra...
— Escuta! E se o nome fosse Esporte Clube Jardim? Acho uma boa. O que vocês acham?

— Você está implicado mesmo com o nome, né?

— Mas veja se não é uma boa: Esporte Clube Jardim. E. C. Jardim!

— E de que cor vai ser o uniforme?

— Verde, ué!

— Por que verde? Quer puxar a brasa pro Palmeiras de novo?

— De jeito nenhum! De que cor é jardim? Verde, por causa das arvores, da grama!

— É, só que tem flores vermelhas, amarelas, cor-de-rosa, azuis etc.

— Ué, pode ser verde e azul, assim ninguém vai dizer que é time de palmeirense.

— Nem de são-paulino.

— Nem de corintiano.

— Que time que é verde e azul?

— Eu não conheço nenhum.

— Nem eu.

— Então está joia. Verde e azul.

— E o nome?

— Esporte Clube Jardim, pô! Afinal, o time não é do Jardim Paulista?

— Certo. Certíssimo.

— Joia.

— Esporte Clube Jardim.

— Tudo bem. O time já tem nome e cores, mas cadê o dinheiro pra comprar a bola e o uniforme?

— Bom, cada um pode comprar o seu uniforme. Pelo menos até o time ficar mais organizado.

— Boa ideia.

— Ei, vi uma bola dente de leite no supermercado, não custava caro.

— Se a gente tiver onze jogadores, acho que com R$ 1,00 cada um a gente compra.

— Pô, quem não pode dar R$ 1,00?

— Qualquer um pode.
— É, mas acontece que ainda somos só cinco.
— Vamos arrumar os outros seis, pô!
— Quer dizer que o nome é Esporte Clube Jardim, mesmo?
— Por mim, boa!
— Por mim, também!
— Já que todo mundo concorda...
— As cores, verde e azul?
— Acho massa.
— Eu também.
— Então, está feito.
— Esporte Clube Jardim.
— Verde e azul.
— E vamos arrumar os outros seis.

Fazendo as coisas direito

O pai do Marcelo exigiu que a gente fizesse tudo direitinho.

— O terreno tem dono. Ou vocês pensam que é assim, ir chegando, capinando, limpando... De jeito nenhum. Vamos procurar saber de quem é e vamos conversar com o proprietário. Pedir, saber se pode.

O homem nem ligou. Até gostou da ideia.

— Não vou construir mesmo. O terreno está lá, à toa, esperando o tempo passar pra valorizar. É até bom, assim vocês deixam ele sempre limpo pra mim.

Verdade. Era isso que a gente queria: deixar limpinho, se possível gramado. Veio menino de todo o bairro. Criança e pai de criança, criança e irmão mais velho, criança e primo de criança, criança e mãe de criança, criança e tia de criança, avô e até avó de criança. Todo mundo vindo e ajudando a gente, com enxada e enxadão, ancinho e carriola, pá e picareta. Não teve mato, não teve pedra, não teve tijolo que resistisse a tanto trabalho.

De noite, a molecada estava que nem se aguentava parar de pé, puro bagaço de tanto esforço e trabalho. Minhas mãos criaram calos e bolhas, de tanto que puxei enxada, enchi pá de entulho e empurrei carriola. Gastamos mais de três dias trabalhando duro.

Agora sim. Estava lá. Limpinho. Verdade que não tinha grama, mas era melhor que nada. A gente não via a hora de rolar a bola na terra. De se sujar de poeira.

O pai do Marcelo nos reuniu e falou:

— Vocês estão de parabéns! Assim que tem de ser. Sem luta, sem esforço, ninguém consegue nada na vida. Vocês já provaram que são gente de futuro, pois têm garra e disposição. Meus parabéns. Hoje, vamos fazer o primeiro treino, mas eu gostaria que ninguém se esquecesse de que este treino só está sendo possível porque todo mundo trabalhou. Pegou ferramenta de casa e trouxe pra cá, caiu, puxou carriola. Está aí o resultado: temos um campo de futebol, o campo que conseguimos... é nosso. Por isso, porque foi feito com nosso esforço, é o melhor campo do mundo.

Então seu Lucas disse que antes do treino a gente precisava fazer aquecimento, pra evitar distensão ou estiramento, e ginástica, pra desenvolver e condicionar os músculos. E começou a dar os exercícios.

— Um, dois. Três, quatro. Bem forte, vamos! Um, dois. Três, quatro. Respirando fundo. Vamos lá! Um-dois, três-quatro, um-dois, três-quatro.

E a gente erguia os braços, abaixava. Depois, erguia a perna direita de encontro à mão esquerda. Então, a esquerda de encontro à direita, lá no alto.

— Um-dois, três-quatro.

A gente se deitava, um companheiro segurava nossa perna.

Mãos cruzadas sob a nuca, a gente erguia o peito, fazendo força pra encostar a cabeça no joelho.

— Força! Sem desanimar, pessoal! Vamos lá!

A gente arfava, começava a suar. Ele insistia:

— É com muita luta e força de vontade que se conseguem as coisas. Vamos lá, não podemos desanimar.

E lá vinha o ritmo da ginástica:

— Um-dois, três-quatro!

Depois, o ritmo da marcha acelerada, respirando fundo, os joelhos pra cima, os braços em movimentos amplos.

Só depois de tudo isso vimos a bola rolar na poeira. Primeiro, como exercícios de aquecimento pras pernas. O goleiro no centro e todo mundo chutando. Depois, levantamento pra tentar gol de cabeça. Por fim, seu Lucas separou a turma (dezoito meninos, entre dez e catorze anos), nove de cada lado. E a bola rolou, a poeira levantou.

— Falta aqui, seu juiz!

Seu Lucas falava pra não fazer catimba e mandava o jogo prosseguir.

— Não jogo mais, ele me chutou o tornozelo.

— Ah, pezinho de anjo! Futebol é pra homem! Ou você acha que o juiz vai ver tudo? Tem coisa que acontece e não é falta mesmo. Normal. Futebol é pra homem.

Meio envergonhado, o menino voltava pro campo. E a gente já começava a se orgulhar do pai do Marcelo, seu Lucas, nosso técnico, embora ninguém o tivesse escolhido pra essa função. No fundo, eu sentia inveja do Marcelo: meu pai não estava nem aí, não ligava a mínima pro nosso time. Era como se a gente não estivesse fazendo nada de importante. Seu Lucas, ao contrário, dava a máxima importância ao time. Soube se tornar nosso ídolo, nosso técnico, nosso líder.

Agora sim, está parecendo time de futebol

Seu Lucas falou que era melhor menos gente com vontade do que muita sem. Por isso, não devíamos nos preocupar com o fato de o time só estar com doze jogadores, um único reserva, com menos meninos que tínhamos há duas semanas. Os doze que ficaram estavam dispostos, com vontade de lutar e vencer. Por que os outros desistiam? Uns achavam cansativos os exercícios que precediam os treinos; outros não concordavam em fazer a limpeza do campo uma vez por semana; outros ainda não concordavam em ser reserva. Quer dizer, nem todos entendiam e se submetiam à disciplina necessária à vida de um jogador de futebol. Aliás, disciplina necessária pra qualquer coisa neste mundo. Ou pensavam que as coisas eram fáceis, caíam do céu feito chuva?

— Por exemplo, na escola. Quem são os melhores alunos? Aqueles que estudam com afinco. No time, quem são os melhores jogadores? Aqueles que treinam duro, que escutam as instruções do técnico. Os melhores são aqueles que têm disciplina e força de vontade pra persistir lutando.

Daí seu Lucas explicou que, com a turma que sobrava, a gente tinha um time bom pra nossa idade. Ele já nos considerava capazes de enfrentar um adversário. Por isso, ia entrar em contato com um clube, pra marcar o nosso primeiro jogo.

Nem preciso contar. Foi uma alegria geral, todo mundo começou a gritar, muitos nem continuaram sentados, se levantaram, se abraçaram, pularam de tanta alegria. Mas seu Lucas pediu ordem. Mandou que todos permanecêssemos sentados, em círculo, como antes, porque ele tinha mais duas coisinhas pra dizer:

— Primeiro: estamos sem ninguém pra jogar na lateral-esquerda, porque poucos usam corretamente o pé esquerdo. Segundo: estamos sem ponta-esquerda, pelo mesmo motivo. Gostaria de fazer uma proposta: a gente testa no treino de hoje o Delém na lateral-esquerda, ele é seguro na defesa e pode, em pouco tempo, melhorar o pé esquerdo, pura questão de treino. Pra ponta, penso no Dinoclas, ele tem velocidade, mas não sei se vai dar certo; ele vai precisar treinar muito, mas muito mesmo, o pé esquerdo. Que que vocês acham?

Quem não ia concordar? Ele era o técnico, o líder. Pessoalmente, me senti orgulhoso de ser lembrado praquela posição considerada problema, ainda mais porque ele estava pondo mais confiança em mim que no Dinoclas. “Eu vou dar conta do recado, custe o que custar”, falei pros meus botões, jurando pra mim mesmo que faria todo o esforço do mundo pra me sair bem.

Valeu a pena o esforço

— Sua esquerda melhorou muito — disse seu Lucas. — O chute está tão bom quanto o do pé direito.

Me lembrei das tardes que passava chutando a bola contra a parede da garagem. Direto e reto. Só pé esquerdo. Primeiro, precisei chutar com força, a bola ia pra qualquer canto, eu não acertava a direção. Pensava em chutar a direita, lá ia a bandida pra esquerda. Eu perdia a paciência. Então, pensei que, se de início eu me preocupasse só com a força, só com o domínio da perna esquerda (eu não sabia me apoiar no pé direito: chutava e ameaçava cair, eis o problema), colocação e direção do chute ficariam pra depois. Segui o raciocínio. Chutava com toda a força. A bola batia na parede e voltava, eu corria atrás e metia o pé esquerdo, de peito, de trivela, de esguelha, de todo jeito. Às vezes, acertava cada chute que me espantava, tamanha a força. A bola batia na parede e voltava, passando feito um raio por mim. Ia pro canteiro. Às vezes, tinha chovido, caía numa poça d'água barrenta. Eu não parava de treinar, e cada chute deixava uma marca na parede, os gomos da bola ficavam desenhados certinhos, marrons no branco da cal. No dia que minha mãe viu, foi aquela bronca:

— Que parede marrom é essa, menino!? Você vai ver só do seu pai! Nem sei por que não te pego e não te esgano! Mas, à noite, você vai se entender com ele.

Nós jantávamos, eu olhava de canto de olho pro meu pai. Calmo, preocupado, cortando o bife, mastigando devagar um pedaço de carne, ar sério, de quem está pensando coisas irnportantes. Eu me esfriava quando tentava imaginar minha mãe contando. Qual seria a reação dele? Não me arriscava a

prever. Ele poderia me tirar do time, me deixar de castigo por uns três dias ou perder a paciência e me esquentar com uns tapas ardidos. Eu olhava pra minha mãe, angustiado, pra ver se ela enxergava nos meus olhos o pedido aflito: não conte nada pra ele, não, mãe!

Qual o quê, foi como se não existisse olhar, muito menos pedido. Assim que acabamos de jantar, ela falou:

— Márcio, quero te mostrar o que o Delém fez na parede da garagem do quintal. Esse menino não tem mais jeito. Destrói tudo. Ninguém aguenta, não há dinheiro que chegue. Venha ver.

Minha irmã, com olhar vingativo e satisfeito, fez micagem, significando "pronto, agora você vai ter de se entender com papai!". Mostrei a língua e abanei a cabeça, ela gritou:

— Paaii! Olha o Delém!

— Que que foi? Qual o problema? — ele perguntou, com autoridade e ar de que era pra parar com aquilo.

— Ele não para de me provocar!

— Eu? Ela que fica fazendo micagem pra mim.

— Sei, conheço. Nenhum dos dois é flor que se cheire. Acho bom parar com isso e pronto. Agora, vamos avaliar o estrago.

Abaixei a cabeça e me levantei. A Daniela riu e fez sinal de bem feito com aquele gesto que todo mundo conhece. Senti vontade de esganá-la, mas tive de me conter, pra não complicar ainda mais minha situação.

Descemos a escada da cozinha e fomos à garagem. Acendi a luz. Ele olhou a parede, olhou pra mim, coçou a cabeça e, pela sua cara, entendi que não tinha ficado nervoso. Estava mesmo é numa situação delicada: tinha de falar alguma coisa, me chamar a atenção, mais pra contentar minha mãe do que pelo estrago na pintura.

— Vamos entrar.

Subimos a escada. Na sala, ele ligou a televisão, sentou no sofá, coçou a garganta com uma tosse e disse pra eu parar de sujar as paredes. Por sorte, tinha sido a da garagem do quintal, que nem usamos e já estava suja mesmo. Se fosse outra, a da frente da casa ou a do terraço... Bem, mas tinha sido aquela. Não que não tivesse importância, pelo contrário... E ele não foi capaz de dizer que não tinha sido grave, porque minha mãe tinha ficado fula da vida.

— Agora, pode ir brincar — concluiu.

Saí satisfeito, com vontade de pular. Cruzei com Daniela e Denise, a sua inseparável amiga, que tinha acabado de chegar, e mostrei a língua.

— Viu só? Hoje, o pai está do meu lado! — eu disse.

— Mãããeee!!! — ela gritou. — Olha o Delém provocando a gente.

— Ih, Daniela, não crie caso com seu irmão. Ele só pensa em futebol mesmo — falou Denise.

— Queria que eu pensasse no quê? Em brincar de casinha? — respondi rindo e fazendo micagem. Peguei a bola e fui correndo pra garagem treinar o pé esquerdo.

Treinei, treinei, treinei. Até o suor molhar a camisa. Voltei e, da copa, ouvi a conversa de meu pai com minha mãe.

— Desse jeito a gente não educa esse menino, Márcio. Você não toma providência! Tudo eu, tudo por minha conta.

— Mas, Suzana, não foi nada grave. Todo moleque faz isso. Fiz quando criança, meu filho faz e meu neto vai fazer.

— Bem, depois não diga que não avisei, Márcio. O dia em que a gente não puder mais com a vida do Delém...

— Qual o problema em manchar uma parede que já estava suja e pedindo pintura?

— Mas poderia ter sido outra!

— Pois é. Quando criança, sujei toda a frente de minha casa. Levei uma surra de meu pai. Tempos depois, sujei de novo. Outra surra. Nem por isso deixei de sujar uma terceira vez. Desconsolado, meu pai não me bateu, fingiu que não tinha percebido. Daí pra frente, nunca mais sujei parede nenhuma. Nem virei bandido ou malandro. Acho que isso não tem importância.

— Está bem — conformou-se minha mãe, num tom de quem lavava as mãos. — Depois, não venha dizer que não avisei. A educação...

Não acabei de ouvir. Fui correndo beber água pra eles não desconfiarem que eu estava escutando. Dali a pouco, minha mãe entrou na copa, olhou pra mim, molhado de suor, e perguntou se eu já tinha ido de novo chutar bola na garagem.

— Estava lá até agora.

— Percebe-se. Pois tome banho antes de se deitar, pelo menos pra tirar esse suor.

— Sim, senhora.

Fui pra sala. Meu pai estava lendo o jornal, compenetrado.

Nem me viu chegar e me sentar na poltrona. Olhei, agradecido, pra ele. Pensei, "até que meu pai é um cara bacana!".

Ainda o pé esquerdo

Eu chutava forte, a bola explodia na parede. Eu enchia o pé no rebate. Buuumm!! O eco enchia meus ouvidos, a bola passava por mim que nem tiro. Zuiimm!! Impossível chutar. Agora, eu já tinha mais equilíbrio, o pé direito fincava firme no chão, segurava o corpo com facilidade. Faltavam direção e jeito.

Treinei. Primeiro, centradas.Virava o pé um pouco pra trás, corria e chutava, pegando por baixo da bola que subia. Mirava o lado esquerdo da parede, ela ia exatamente lá. Depois, o direito: ela obedecia. Agora, uma linha reta bem no meio da parede: a bola tinha aprendido a lição, ia retinha.

Comecei com o peito do pé. Chute forte e certeiro. Pra esse lado. Pra aquele.

Vieram as embaixadas. Matadas de bola. Quando percebi, pé esquerdo e direito formavam um par perfeito em habilidade e destreza; um trabalhava pelo outro. Mas eu não podia descuidar; existia em mim uma tendência natural pra voltar a deixar o pé esquerdo descansando e o direito fazendo todo o trabalho. Por isso, os exercícios continuavam, longos e cansativos. Me lembrava de seu Lucas, "a gente não consegue nada sem força de vontade, sem garra, sem luta".

— Melhorou tanto a sua esquerda, Delém, que hoje você trabalha tanto com ela quanto com a direita. Pensa que não percebi a força e a precisão do seu chute? Seus passes saem certinhos, vão no pé do companheiro. Meus parabéns!

O time me olhava. Eu estufava o peito, importante, porque só eu sabia o esforço que tinha feito pra chegar àquele ponto. Estava consciente de meu mérito e de que o elogio era justo e devido.

O primeiro sucesso

Seu Lucas tinha avisado que jogo é diferente de treino. A gente precisava estar consciente de que, em campo, o adversário usava de todos os meios pra nos atrapalhar e desfazer nossas jogadas. Não adiantava ensaiar ou querer fugir da luta. Em campo, a gente tinha mesmo é de enfrentar a fera. Ninguém podia ser mole. A gente tinha de estar consciente de que o adversário não teria aquele respeito mútuo que tínhamos em nossos treinos. Portanto, nós também não poderíamos ter complacência nem dar trégua.

— É uma guerra, e a gente precisa ganhar todas as batalhas — disse seu Lucas. — Vale tudo, respeitadas as regras e a autoridade do juiz.

Entramos em campo ressabiados. Saiu a bola, o adversário insistiu, chegou em nossa área, apertou nossa defesa, deu trabalho. Mas resistimos com garra, até quase o final do primeiro tempo, quando marcaram um gol.

Segundo tempo. Eles apertando. Peguei a bola e procurei um companheiro na frente, preocupado com a instrução de seu Lucas, "futebol é equipe, pessoal, vamos passar. Ninguém joga sozinho. Lembrem que eles são onze, ninguém engana onze pessoas ao mesmo tempo. Procurem os companheiros. Passem a bola". Eu procurava, não encontrava ninguém. O adversário chegou, precisei driblar, com categoria. Ouvi o grito, boa!, e me entusiasmei, avancei correndo, chamei um companheiro, ninguém chegou, precisei driblar de novo e, então, me vi diante daquele campão aberto, todinho verde, liso e plano, à minha disposição. Corri, empurrando a bola, ouvindo o pessoal berrar, booaa, Delém! Corri, corri, corri. Senti passos me perseguindo. Olhei pros lados, nenhum companheiro. Eu continuava sozinho.

Corri mais. O goleiro saindo ao meu encontro. Toquei a bola por baixo, de leve pra encobri-la. Saí pela esquerda. Senti as mãos agarrando minhas pernas. Caí, escorregando, arrastando o corpo na grama. Senti raiva. Escutei o apito do juiz. Falta perigosa, de boca de área.

Rolei na grama, apertei o joelho contra o peito, mas, na verdade, nada doía. Eu só sentia o incômodo das coxas raladas pela grama. Além de ódio. Muito ódio. Por que ele tinha feito aquilo?

Seu Lucas chegou correndo, pegou as pernas, esticou-as, massageou-as e perguntou se estavam doendo. Fiz uma careta e o sinal de que nada doía. Ele falou pra eu me levantar.

Bati o pé direito no chão, depois o esquerdo. Olhei pro goleiro sob a trave e senti muita raiva dele. "Vou marcar esse gol, nem que seja na marra", pensei. E falei pro seu Lucas que eu, e mais ninguém, ia cobrar a falta.

— Lógico, você quem cavou. Tem todo o direito.

A barreira entre a bola e o gol. O goleiro no canto direito, olhando pra mim. Sem perceber, me posicionei pra chutar de esquerda. O apito. Eu queria encobrir a barreira, fazer a bola entrar na gaveta. Mas corri com ódio, sentindo coceira de grama nas coxas raladas, olhando com raiva aquele goleiro que tinha me derrubado covardemente, estragado o gol feito. Corri com força. Com toda a minha força. E meu pé doeu quando o peito bateu na bola. Doeu que até manquei, mas saí pulando ao ver o goleiro de braços pra cima, caindo pra trás, a bola raspando o travessão e balançando a rede.

O petardo, violento de ódio, ao contrário do que programei, foi bem no goleiro, com tanta força que ninguém seria capaz de agarrar aquela bola, iria junto pra rede. O pessoal me abraçando, a torcida gritando, seu Lucas pulando no banco e orientando:

— Vamos lá, pessoal! Vamos formar. A gente pode ganhar esse jogo. Vamos formar e jogar o que sabemos.

Formamos e jogamos o que sabíamos. Eu pegava todas as bolas que apareciam no meu setor, e as que não eram minhas também. A cada instante do jogo, me sentia mais herói. Eu descia, carregando, procurando companheiro, a torcida berrava, booaa, Delém!, e eu rolava a bola na grama macia, fazia o passe exato, na medida certa. Voltava pro meu pedaço, na defesa.

Mas naquela bola, se eu não avançasse, não teria ninguém pra ajudar o Marcelo. Corri na ponta-esquerda, o campo limpo e livre pra mim. Gritei com força:

— Olha a esquerda!

O Marcelo entendeu e lançou em profundidade. Ninguém ia conseguir me alcançar. O goleiro outra vez saindo do gol. Pensei, "agora esse desgraçado não me derruba" . Antes dele chegar, parei a bola, ameacei chutar à direita. Ele entrou na finta, deu o passo pra aquele lado, quase caindo. Aproveitei e fugi pela esquerda e senti seu corpo caindo pesado no chão, atrás de mim. Não conseguiu nem raspar a mão em minha perna. Entrei com bola e tudo.

Herói e artilheiro, defensor e atacante. Me carregaram. No vestiário, o pai de todo mundo me cumprimentou. O meu estava em casa, acho que lendo jornal ou livro. Pensei comigo: "pouco adiantava ser herói pros outros. O bom seria se meu próprio pai estivesse lá, ligado no que tinha acontecido".

O jogo de camisas

Nossa fotografia e a escalação do time saíram na página de esportes do jornal da cidade. Romeu, César, Alberto e Delém; Alfinete e Antônio Rodrigues; Dito, Márcio, Marcelo, Tim e Aldo. No banco, Cristiano, que jogou nos vinte minutos finais. O repórter chamava a atenção para o trabalho do técnico, seu Lucas, e pra minha atuação, o defensor que em duas descidas ao ataque marcou dois gols.

No bairro, a notícia passou de mão em mão. Os colegas que tinham saído do time não conseguiam esconder a inveja (afinal, nos tornamos uma espécie de heróis até pras meninas).

Seu Lucas colou a reportagem num álbum que ia organizar pro futuro. O retrato do time pôs numa moldura, em cima da mesa de centro da sala de sua casa.

Meu pai não deu importância alguma pro jogo ou pra notícia. Apenas me cumprimentou, ainda assim porque minha mãe falou:

— Você viu que seu filho foi o melhor jogador em campo, Márcio?

— Claro. Estou satisfeitíssimo. — Daí, me abraçando sem empolgação, disse: — Parabéns. Espero que seja assim, figura de destaque, em campo e fora do campo, no futebol e na escola.

E mais não disse. Lá no fundo, senti inveja do Marcelo, porque seu Lucas estava lá, ao lado do filho e dos amigos do filho, ajudando, torcendo, ensinando. No treino seguinte, nos reuniu em círculo e disse:

— Precisamos preparar uma comissão pra conseguir uniforme ou, no mínimo, um jogo de camisas. — Explicou que deveríamos procurar seu Olegário, que era diretor da Refrigerantes Estrela. Morava no bairro e, quem sabe, talvez pudesse se interessar pelo time.

Chefiei a comissão. Seu Olegário nos mandou entrar. Nos sentamos na sala. Ele perguntou o que nos levava à sua casa. Olhamos uns pros outros, indecisos e meio envergonhados, ninguém se dispunha a falar. Como eu já vinha, há dias, preparando mentalmente a conversa, desviei o olhar pro chão e... sem saber o que fazer com as mãos que coçavam o nariz, arrumavam os cabelos ou se esfregavam uma na outra, indo do rosto pro joelho, do joelho pro rosto, feito um objeto incômodo e independente que não pertencia a meu corpo, que não me obedecia e do qual eu não conseguia me livrar — tomei coragem. Respirei fundo, soltei o ar com força e falei, meio gaguejando, observando os desenhos do tapete:

— É o seguinte, seu Olegário: nós temos um time de futebol aqui no bairro, o E. C. Jardim. Faz mais de seis meses, a gente vem treinando duas vezes por semana. Já fizemos um jogo e ganhamos de 2 a 1. Até trouxemos a reportagem do jornal pro senhor ver. — Seu Olegário deu uma olhada rápida na notícia e voltou a atenção pra mim outra vez. — Bem, acontece que nosso time até hoje não tem uniforme. A gente gostaria de saber se a Refrigerantes Estrela não pode colaborar, dando o uniforme ou pelo menos um jogo de camisas.

Baixou um silêncio. Seu Olegário, pensativo, disse, depois de algum tempo:

— Bem, vou ver o que posso fazer. Antes de mais nada, quero explicar que sou apenas um dos diretores da firma, só a minha vontade não vale nada. Nós trabalhamos em conjunto, nos reunimos, conversamos, discutimos e tomamos nossas decisões por maioria de votos. Como veem, vai depender dos outros. Na próxima quarta-feira, vamos ter reunião. Prometo expor o problema, e que meu voto será favorável. Como somos cinco, se outros dois diretores me acompanharem, seremos maioria e vocês terão o uniforme completo.

— Pô, muito obrigado, seu Olegário — eu disse, meio desapontado, pois imaginava que fôssemos sair de lá com a garantia de que a firma nos pagaria um jogo de camisas.

— Calma, pessoal. Aonde pensam que vão? Nada disso. Daqui ninguém sai sem antes tomar alguma coisa.

* * *

Depois, contando pro seu Lucas o resultado da conversa, ele se mostrou animado.

— Mas a gente tem de esperar até a semana que vem! O senhor não acha que ele já podia ter dito sim ou não hoje mesmo?

— Calma, Delém! As coisas não acontecem assim, de uma hora para outra. É preciso ter paciência. Com calma e paciência vamos conseguir tudo o que precisamos. Pelo que me contaram, acho que já ganhamos o uniforme.

Seu Lucas tinha razão: no jogo seguinte, entramos em campo uniformizados, verde e azul. Ganhamos de 4 a 1, marquei um gol de falta.

O campeonato

Seu Lucas nos inscreveu no campeonato infantil. O nosso era o único time que não tinha campo. A gente continuava naquele terreno apertado, cheio de buracos e pó, pois nunca deu tempo de nascer grama. A única coisa que tínhamos conseguido foi um muro, com material usado, resto da demolição de uma casa velha do centro da cidade. Nós mesmos o levantamos.

Surpreendentemente, segundo o jornal, a nossa equipe era uma das melhores. No início do segundo turno, o E. C. Jardim já era considerado um dos finalistas. Também pudera, a gente treinava duro. Seu Lucas exigia: obrigava a fazer os exercícios, a correr, ensinava jogadas ensaiadas, fazia chutar com bola parada ou pingando, treinava viradas, enfim, tudo o que existia em futebol a gente estava aprendendo.

Um dia, depois de um de nossos extenuantes treinos, seu Lucas sugeriu que organizássemos outra vez uma comissão para conversar com seu Olegário.

— Agora não é mais uniforme que precisamos. Com certeza, vamos ser um dos finalistas do campeonato e, por isso, a gente precisa de campo de verdade. A Refrigerantes Estrela tem um clube de funcionários; vamos pedir a seu Olegário autorização pra usarmos o campo desse clube.

Fomos recebidos com a cortesia anterior. Entramos, desta vez menos embaraçados, e explicamos o motivo da visita. Seu Olegário riu, disse mais ou menos as mesmas coisas da outra vez, acrescentando apenas que a Refrigerantes Estrela S.A. se orgulhava de nos patrocinar; por isso, poderíamos considerar o pedido praticamente atendido. Não só isso, também iria sugerir novo uniforme completo, a marca da empresa desta vez bem grande, nas costas e na frente das camisas.

Saímos exultantes e, em dois dias, estava autorizado o uso do campo do clube às segundas, quartas e sextas. Semana seguinte, recebemos o novo uniforme.

Um pedido pra minha mãe

Meu pai continuava indiferente. Não ia aos jogos, não acompanhava o time. Só ele, os outros pais não perdiam um, torciam pelos filhos, gritavam, se empolgavam. Aos domingos, eu voltava do jogo e encontrava meu pai na sala, lendo, nem me perguntava se a gente tinha ganhado ou perdido. Quando eu lhe mostrava notícias a respeito do time, ele olhava sem atenção e, mecanicamente, falava: "Muito bem. Parabéns!", com ar de quem não vê a hora de voltar à sua leitura.

Não adiantava, por mais que eu procurasse entender, não entendia. Por que tamanho desinteresse? Justo comigo, o craque do time, o xodó do técnico. Em verdade, seu Lucas me dava tanta atenção que o Marcelo chegou a encrencar comigo mais de uma vez. Normal, ele sentia ciúme do pai; ninguém gosta de ver o pai dando atenção pra alguém de fora da família. No entanto, seu Lucas via em mim a revelação do campeonato. Pra ele, eu representava o seu sucesso como técnico. Mas o Marcelo não compreendia isso e misturava as estações. Precisei passar por cima de muita coisa, ignorar muita provocação pra tudo continuar em paz e em ordem.

Do meu pai, eu não compreendia nem aceitava a indiferença. Mais de uma vez, pensei em falar com ele. Mas chegava perto, ele lia, compenetrado; eu ficava sem jeito de interrompê-lo e permanecia calado. Então, procurei minha mãe:

— Por que meu pai não liga pro time?

— Você sabe que ele não gosta de futebol, não sabe?

— Mas o pai de todo mundo gosta. O pai de todo mundo vai ao campo, torce pelo filho. O meu, não; fico sempre sozinho, feito menor abandonado.

— O problema é que seu pai não dá importância pra futebol. Tente entender.

— Não é questão de dar importância pra futebol! É questão de dar importância pra mim, filho dele, e pro que eu faço. Por que ele não perde um concerto de piano ou apresentação de balé da Daniela, a filhinha queridinha? Até pra "zoiuda" da Denise, que é só amiga da Daniela, nem pertence à família, ele dá importância: comenta música de piano, coreografia de balé. Comigo não, as coisas são diferentes, nem liga, como se eu não fosse filho dele.

Minha mãe me olhou, calada, pensando. Então, confessou que nunca tinha pensado nesses termos, mas iria ter uma conversa com meu pai.

Na noite daquele dia, eu estudava História. Não aguentava mais ler o capítulo sobre a organização social no Brasil Império. Interrompi, fui à copa beber água pra ver se esfriava a cabeça. Ao passar pela porta da sala, ouvi minha mãe falando:

— Mas ele reclamou que não é questão de gostar ou não de futebol. É questão de gostar ou não dele, que é seu filho. Sabe, Márcio, o Delém tem razão, você é muito seco com ele. Você é mais camarada com a Denise, que não passa de amiga da Daniela.

— Suzana, você vê como é minha vida! O dia inteiro trabalhando, dando aula feito camelo. Só tenho sábado e domingo pra ler um livro ou o jornal. Não acho justo perder essas horas por causa de time de futebol, um esporte que detesto.

— Mas e os concertos e as apresentações de balé da Daniela?

— Bem, música sempre foi meu fraco. Tanto que adoraria que a Daniela fosse uma grande pianista.

— Resumindo, você não gosta que seu filho jogue futebol, é isso?

— De jeito nenhum. Claro que gosto, nunca fui contra qualquer esporte. Aliás, quando moço, era louco por basquete, só parei quando comecei a lecionar. Eu vivia pelas quadras, participava de campeonatos e nunca exigi que meu pai me acompanhasse.

— Por favor, Márcio, os tempos são outros.

— Os tempos, ora os tempos! Ele gosta de futebol? Ótimo! Que jogue, que viva pelos campos, desde que cumpra as outras obrigações e não roube minhas horas de lazer.

— Mas, Márcio, compreenda, todo filho...

— Está bem, Suzana, você ganhou. Domingo sim, domingo não, vamos ver o Delém jogar. Você acha que assim está bem?

— É melhor que nada.

Feliz, corri pra guardar o copo e voltei pro meu quarto, sem fazer barulho. De tão contente, não consegui mais estudar a organização social no Brasil Império: eu não me concentrava; das páginas do livro saía a figura de meu pai na arquibancada, torcendo, gritando por mim.

Uma torcida muito especial

Eles estavam na arquibancada: meu pai, minha mãe, Daniela e, pra variar, a "carrapata zoiuda" da Denise. Eu não via a hora de botar o pé na redonda, que chegou pelo alto. De cabeça, passei pro Alfinete. Corri pra frente, pedindo a devolução, que chegou redondinha. Driblei um adversário e coloquei em profundidade pro Tim, pois seu Lucas já tinha gritado lá do banco:

— Olhe os companheiros, Delém! Não se esqueça, eles são onze e você, só um.

Na verdade, a minha vontade era driblar o time inteiro, fazer o gol sozinho, mostrar tudo o que eu tinha e o que eu não tinha aprendido. Só que a presença de seu Lucas era muito forte, sua voz entrava na cabeça da gente, martelava lá dentro, com autoridade. Por sorte, teve uma falta pra cobrar. Como sempre, me preparei pra chutar de esquerda, que já tinha se tornado o meu pé de chute forte e certeiro. Olhei pra assistência. Todos quietos, na expectativa. Lá do banco:

— Direto pro gol, Delém! Essa é das que você gosta — berrou seu Lucas.

Vi meu pai e minha mãe. Fiz sinal com o braço pra eles, mostrei a língua pra Daniela e pra Denise, brincando. O juiz apitou. Corri e nem por um instante pensei em encobrir a barreira. Eu tinha certeza de que o goleiro não agarraria a bola, se ela fosse reta e certeira, a meia altura. Corri com força. Senti aquela dor no peito do pé e vi a bola explodir e entrar, certeira e forte, no ângulo do canto do goleiro, que só olhou pra trás e viu a rede balançando.

Ouvi o berro da torcida, gooolll!, senti o peito do pé ardido e os companheiros pulando em cima de mim.

Já em nosso campo, em minha posição, olhei pra torcida e vi a Denise me abanando o boné, os longos cabelos castanhos esvoaçando a cada movimento de cabeça. Ela gritou:

— É isso daí, Delém! Ensina pra eles como é que se joga!

Ela até que não era tão chata quanto eu pensava. Desde pequena, quando conheceu minha irmã na pré-escola, que não saía de casa, era como se fosse da família. Experimentei a estranha sensação de vergonha pelo ciúme que sentia quando meu pai conversava com ela sobre música. Lá no fundo, senti um carinho, com certeza porque tínhamos crescido um ao pé do outro. Agora, lá estava a Denise, grande, sorrindo gostoso, jorrando alegria pelos olhos escuros e sapecas que pareciam querer saltar das órbitas.

A Daniela me interrompeu o pensamento, ao gritar, com as duas mãos na boca:

— Marque um gol pra mim!

— E um pra mim também — ecoou Denise, os braços para o alto, agitando pra todos os lados o boné vermelho.

Marcar mais dois gols? Será que eu conseguia? E se eu marcasse só um? Dedicar a quem? Denise ou Daniela? E vi o rosto redondo, suavemente sardento, da minha irmã. Senti vergonha do ciúme que tinha dela: éramos irmãos, unha e carne, tínhamos um único pai e uma só mãe, precisávamos aprender a dividir melhor a atenção deles. Mas sempre a carrapata da Denise! Olhei pro meu pai, que ria com os dentes brancos, passando a mão nos cabelos levemente grisalhos. Minha mãe, de lenço na cabeça e óculos escuros, me mandou um beijo pela palma da mão.

O juiz apitou a saída, agora era preciso esquecê-los pra me concentrar.

* * *

Depois do jogo, voltando pra casa, meu pai falou de seus tempos de basquete.

— Futebol o senhor não jogava?

— Raramente, fui um grande perna de pau; achava o pessoal agressivo, o jogo bruto. Preferia o basquete, até joguei bem. Fui treinar no Clube dos Bagres, que hoje é a Francana e, na época, era um dos melhores times do Brasil.

— Por que o senhor parou?

— Falta de tempo. A gente precisa trabalhar, essas coisas.

— Mas esse Clube dos Bagres não era profissional?

— Mais ou menos, Delém. Naquele tempo, o esquema era outro. Eu queria estudar, entrei na USP, me mudei pra São Paulo e, depois de formado, o basquete acabou.

— E se o senhor tivesse sido um profissional?

— Bem, minha vida seria diferente, não é mesmo?

— O senhor estaria rico, não estaria?

— Pode ser. Mas não garanto. Talvez eu não jogasse aquela bola toda, talvez minhas possibilidades se esgotassem com um ou outro passo a mais. Não sei. Mas também pode ser que eu conseguisse aprender mais, muito mais, até me tornar um dos maiores jogadores do Brasil, talvez do mundo.

— O senhor não se arrepende?

— De jeito nenhum. A gente não deve chorar sobre o leite derramado; se arrepender do que deixamos de fazer não resolve nada: a cada instante, precisamos escolher entre uma e outra coisa, este ou aquele caminho. Depois de escolhido, não tem como voltar atrás; é continuar caminhando. Minha pergunta, porém, é outra: eu teria sido mais feliz? Na vida, o importante é a felicidade, todo o resto vale pouco. — Então meu pai olhou pra minha mãe, que estava a seu lado, depois pra mim, pra Daniela e pra Denise, estávamos no banco de trás, deu uma risada e prosseguiu, em tom de brincadeira: — Talvez eu não tivesse conhecido sua mãe e tivesse me casado com... digamos, uma jogadora da seleção brasileira de vôlei.

— Qualquer uma delas seria mais alta que você — interrompeu minha mãe, irritada e enciumada.

— Tudo bem, são só hipóteses. Minha mulher seria a Fernanda Venturini, a gente teria uma filha mais velha chamada Marcela e um filho, o Tomás.

— A Marcela não teria nenhuma amiga? — perguntou Denise, pra lembrar que meu pai a estava deixando de fora.

— Claro que teria. O seu nome... — não pôde concluir, porque minha mãe o interrompeu:

— Eu, que sempre gostei de cantar, teria conhecido e me casado com o Chico Buarque. Teríamos uma filha, a Cristina, e um filho, o Euclides.

— O seu filho e a sua filha não teriam uma amiga?

— Lógico, se chamaria Denise, mas seria filha do Toquinho. E eu, hoje, seria cantora nacionalmente conhecida, teria posado nua pra revista masculina, viajaria no mínimo duas vezes por ano pra Europa e pros Estados Unidos.

Então, percebi que meus pais estavam brigando, sem motivo, de ciúmes absurdos e inexplicáveis. Pensei que aquilo estava indo muito longe, mas não sabia como encerrar o assunto. Foi a Denise, com aqueles seus enormes olhos abertos e seus lábios rasgados numa larga risada cheia de dentes, que espaventou o incômodo:

— O problema, seu Márcio, é que o senhor não é profissional de basquete, nem dona Suzana é cantora. Ainda bem que se conheceram, se casaram e são os pais da minha melhor amiga.

Aproveitei a deixa e completei:

— Por fim, minha mãe trabalha na Caixa Econômica Federal, meu pai dá aula no cursinho, no Auxiliadora e no Estado. A Marcela e o Tomás, a Cristina e o Euclides, se existirem, devem viver por aí. Certo? Estamos conversados?

— Certíssimo — disse meu pai. — E quer saber de uma coisa? Embora a gente tenha as nossas dificuldades, é desta vida que gosto, nela estão as pessoas mais importantes do mundo pra mim: dona Suzana, funcionária da Caixa Econômica Federal, professora frustrada de Biologia, meu filho Vanderlei, o Delém dos campos de futebol, a Daniela, futura dançarina, e sua amiga Denise, futura pianista. O resto do mundo só vale e interessa na medida em que tem pontos de contato com essa nossa vida, mais nada.

Nos olhamos, alegres e com alguma emoção. Falei que, se eu tivesse oportunidade, sem dúvida, seria jogador profissional.

— Que Deus te ajude — disse meu pai.

Minha mãe explicou que gostaria que eu fizesse um curso superior.

— Não quero filho meu feito burro carregado de ouro. Pode ser jogador de futebol, comerciante, corretor de imóveis, seja lá o que for, mas com um diploma universitário. A vida...

Meu pai concordou e estacionou à sombra da árvore em frente de nossa casa. Passava de uma hora, estávamos varados de fome.

Na decisão do campeonato seguinte

Ano seguinte, ficamos pra final do campeonato.A disputa do título foi com o Santa Cruz F. C. Era a quinta partida em que nos defrontávamos, uma negra: cada uma das equipes tinha ganhado duas vezes. Seu Lucas nos reuniu no vestiário e deu as instruções:

— É um time rápido e perigoso, vamos ter de nos defender com unhas e dentes, sem deixar que ataquem, mas não podemos jogar pelo empate, é meio caminho para a derrota. — Explicou a tática: o Marcelo e o Tim ficariam na frente, prontos pra receber bolas em profundidade. Os dois pontas recuariam pra ajudar o meio de campo, pra não deixarmos a bola sequer chegar perto de nossa grande área. Nos ataques, o nosso meio de campo iria fazer pressão lá na frente, enquanto a defesa permaneceria alerta. Daí, me deu ordens expressas pra marcar o Zito: — Não saia de cima dele. Olho vivo e firme. É o melhor atacante, a alma do time. Se a gente segurar o Zito, estamos com meio caminho andado. Outra coisa, Delém, evite ir pro ataque. Só se for com absoluta segurança e certo de que alguém fica em seu lugar. Enfim, o tempo todo em cima do Zito.

— Então, vamos combinar que, se eu descer, o César ou o Alberto ficam de olho no Zito, não é mesmo?

— Tudo bem.Vocês entenderam, César e Alberto? Se o Delém descer...

— A gente fica de olho no Zito — responderam os dois ao mesmo tempo.

Então seu Lucas mandou a gente se movimentar pra aquecer. E ficou andando pra lá e pra cá no vestiário, preocupado.

Lógico, antes de qualquer jogo, ficávamos meio nervosos. É uma expectativa, uma vontade de que tudo comece logo pra chegar ao fim de uma vez. Pra mim, essa espera sempre foi o pior. Mil vezes a hora em que o juiz apita pro pontapé inicial: agora vale tudo, a ansiedade de saber como vai ser, como não vai ser a partida, se acaba, as coisas ficam em nossas mãos, melhor, em nossos pés.

Aquele dia, a ansiedade era maior e podia ser percebida pelos modos de seu Lucas, que, normalmente tão calmo e tranquilo, não conseguia esconder sua angústia, como se daquele resultado dependesse algo maior que o título do campeonato infantil.

Bem, saímos do vestiário em fila, a bola em minhas mãos (eu era o capitão do Esporte Clube Jardim). Fomos ao meio do campo. Uma parte da arquibancada, tomada pela nossa torcida, aplaudia; outra, tomada pela do Santa Cruz, vaiava. Alguns rojões estouraram: sempre tem os exagerados.

O time posou pra foto dos jornais. E pronto! Saímos correndo, pulando. Agora, sim, nos aquecendo pra valer, chutando bolas pro gol.

O juiz convocou os times pra escolha dos lados no cara ou coroa. Tudo pronto, equipes formadas. Íamos começar. O pontapé inicial coube ao adversário, cujo uniforme branco ardia nos olhos, de tanto que brilhava sob o sol.

O primeiro tempo terminou 0 a 0, numa disputa acirrada e cansativa. Eles fizeram ataques perigosos, chutaram duas bolas na trave. Só por sorte não estávamos perdendo. Nervoso, seu Lucas me chamou num canto do vestiário:

— Você precisa dar mais em cima do Zito. Ele está encontrando muito espaço, penetrou várias vezes. As duas bolas na trave saíram de seu pé.

— Sei disso, seu Lucas, mas que que posso fazer? Ele joga muito bem, é liso que nem bagre. Estou fazendo o possível.

— Delém, nós não podemos perder este jogo de jeito nenhum, entendeu? Questão de honra. Dê duro em cima dele. Entre com tudo e, se não segurar a bola, segure o homem. Se a bola passar, não deixe que o Zito passe. Segure, sente o pé, enfim, faça de tudo, o importante é que ele não passe. Hoje, é tudo ou nada.

— Tudo bem — respondi, dizendo pra mim mesmo: "Se é assim, o Zito vai ver só".

E viu. Primeiro, ele me fintou pela direita, fiquei meio abobalhado, mas, num átimo, me virei e rocei com a perna esquerda. Ele tropeçou e caiu. O juiz apitou forte. A falta não era perigosa. Olhei pro seu Lucas, que, sorrindo, me fez sinal de positivo com o polegar da mão direita. Olhei pro Zito e vi, em seus olhos, o ódio e, em sua boca, um sorriso cínico que dizia "você vai ter o troco, pode esperar". Entrei na barreira, olhando pra bola. O chute fraco passou longe do gol.

Depois, o Zito saiu pela esquerda, sem conseguir me driblar. Prensamos a bola e ele me deu um bico forte e certeiro na canela direita. Me abaixei, gemendo de dor. O juiz viu, porém não apitou. Eu tinha ordens expressas pra não deixá-lo passar. Mordi os lábios, com raiva, superei a dor e, com ódio, calcei a bola com o calcanhar direito, puxei pra esquerda, ameacei sair pra direita. Ele entrou na finta. Saí carregando a bola pela esquerda. Mas o Zito veio por trás, senti a tesoura forte embaralhar meus passos. Rolei no chão. Senti dor no tornozelo direito e na canela esquerda. Ódio, raiva, vontade de partir o Zito em dois. Me encolhi no chão. Rolei. Seu Lucas chegou correndo. Olhei pra arquibancada, minha mãe de cara feia, meu pai meio indiferente, a Daniela e a Denise com cara de espanto.

Me levantei, dei uma manquitolada com a perna direita, bati o pé no chão e disse pro seu Lucas que não tinha sido nada. Coloquei a bola no lugar da falta e olhei pro Zito, explicando no ódio de meus olhos e na raiva branca de meu sorriso que aquilo não ia ficar barato.

A torcida percebeu que tinha se estabelecido a guerra entre nós dois. Tanto que, a partir da cobrança dessa falta, toda vez que ele pegava a bola eu ouvia os berros:

— É isso mesmo, Delém!

— Pau nele, Delém!

— Acaba com ele!

Meu peito esquentava. Eu sentia sincera vontade de quebrá-lo. Porém, eu sempre acabava dominando a bola, escapando dele e ouvindo ao longe a torcida do Santa Cruz:

— Pega ele, Zito!

— É agora ou nunca, Zito!

— Quebra ele!

Depressa, eu mandava a bola pro meio de campo, pra agilizar um contra-ataque e pra não correr o risco de ser chutado por trás.

Seu Lucas fez sinal de que faltavam cinco minutos. Ou tudo ou nada. Tínhamos de ganhar por toda lei, a qualquer custo. O Santa Cruz vinha descendo, seu Lucas gritava do banco, dando ordens.

Eu de olho no Zito. A bola veio pela direita, o Zito se deslocando pra ponta, numa jogada que tinha feito outras vezes sem sucesso. Acompanhei. Ele fez sinal com a cabeça, eu já tinha entendido que iam jogar a bola por cima. Me desloquei, mas ele correu, e seu pique, vivíssimo, foi mais veloz que o meu. Impossível acompanhá-lo. Zito à minha frente, a bola me encobrindo. Zito livre, matando com o pé direito. Pra amortecer, lógico, ele precisou dar uma paradinha, pronto pro pique rápido em direção ao gol. Senti aquele calor no peito. Os tornozelos doendo, o suor gordurento entrando ardido nos olhos. Vi meio embaçado o Zito livre, preparado pra correr. Um passo que ele desse, estaria entrando sozinho na grande área. Seria o gol e o fim da partida. O ódio esquentou meu peito. Cerrei os dentes, apertei as mãos. Tinha conseguido segurar o Zito até ali, justo agora, nos últimos minutos... Não, impossível. De tanta raiva, senti gosto de sangue na boca, tanto os dentes mordiam os lábios. Seu Lucas tinha sido claro: precisávamos ganhar por toda lei, de qualquer jeito, a qualquer custo. Se a bola passar, segure o homem. Só tinha um jeito: segurar o Zito. E precisava ser naquele instante: se eu deixasse passar um segundo, o Zito ficaria fora de meu alcance, seria a derrota, o fim de tudo. Ouvi ou imaginei os berros:

— Pau nele, Delém!

— Pau nele!

Firmei o olho, vi o vulto embaçado do Zito à minha frente. Não tive dúvidas. Tinha de ser. Dei o salto, caí firme sobre o pé direito, que serviu de apoio pro chute, como se fosse pra cobrar uma daquelas faltas. Só que com muito mais ódio, muito mais violência. Com toda a força, com toda a raiva. A gente não podia perder o jogo.

Ouvi um "trac" e senti aquela dor violenta no pé esquerdo, como nunca tinha sentido antes. Rolei pra um lado, o Zito pro outro. O apito forte do juiz que apareceu correndo, com o cartão amarelo na mão direita. E o grito da torcida, fraco, misturado a um zumbido lá no fundo de meus ouvidos:

— É isso mesmo, Delém!

— Expulsa, seu juiz!

Olhei pro nosso banco. Seu Lucas vinha correndo em minha direção. A turma do Santa Cruz já formava uma rodinha em torno do Zito, que continuava caído, deitado. Eu mancava. Não entendia direito os gritos da torcida. Só pude entender claramente o que seu Lucas me disse:

— Meus parabéns, Delém, você fez exatamente o que devia ser feito.

O Zito saiu de campo no colo de um homem de cabelos quase brancos. Uma correria se esboçou na torcida. Confusão no campo. Gente falando alto, gente berrando que o juiz tinha de me expulsar. A bola no lugar da falta. Eu na barreira.

Na prorrogação, ganhamos de 3 a 0. Livre da obrigação de marcar Zito, fiz dois gols. E o terceiro também saiu de meu pé.

No fim da partida, seu Lucas me abraçou, disse que tinha sido o melhor jogo de minha vida, que eu tinha futuro no futebol: além de saber quase tudo, compreendia e acatava as instruções do técnico, comportamento raro nos jogadores de hoje.

— Antes do que você imagina, Delém, vou te ver num time profissional.

Feito herói, na qualidade de capitão do time, subi no pódio pra receber o troféu e as medalhas. Estranhei a ausência de meu pai, que, ultimamente, não perdia um jogo. Perguntei por ele pra minha mãe.

— Foi ajudar a levar o menino pro hospital.
— Hospital! — exclamei espantado.

Na cômoda, a medalha incômoda

À tarde, deitado, eu olhava minhas canelas machucadas e inchadas. Manchas roxas doloridas. Os pelos pretos começando a nascer com força pela perna. Na cômoda, a medalha presa na fita verde e amarela. Tinha sido uma dura conquista, mas, lá no fundo, eu não encontrava nenhum mérito. Sentia uma insatisfação esquisita, um vazio, como se todo o esforço tivesse sido em vão. E começava a pensar no que teria acontecido com o Zito lá no hospital. Meu pai tinha voltado pra casa com cara triste, não tocou no assunto. Pensei em perguntar, não tive coragem, ao mesmo tempo que me esforçava pra me convencer de que futebol é assim mesmo, jogo pra homem, não pra quem tem perninha de boneca. Me lembrava das pancadas que o Zito tinha dado em mim. Pra completar, me dizia que eu nem o conhecia, sequer sabia em que bairro morava, em que escola estudava. Sabia que jogava pro Santa Cruz, mais nada. Nem amigos a gente era. Ora, futebol tem dessas coisas.

Me levantei pra beber água. Meu pai na poltrona da sala, lendo o jornal, olhou pra mim. Senti que queria falar alguma coisa. No entanto, minha mãe olhou pra ele e, enquanto eu abria a geladeira, falou:

— Márcio, por favor!

— Já sei, já sei. Não vou ser desmancha-prazer, estraga-festa.

Compreendi que ele queria me falar algo importante, mas minha mãe achava que não devia ou não era hora. Se quisesse, eu poderia entrar na sala, romper aquele silêncio:

— Pai, se o senhor quer falar comigo, fale, seja lá o que for. Mas não tive coragem: eu tinha certeza de que era a respeito do Zito.

Voltei pro quarto. Me deitei, sem vontade de nada. Ergui as pernas, vi os pelos pretos, as manchas roxas na canela inchada. Me vi dando aquele impulso, o pé direito apoiando e o chute com toda a violência que consegui imprimir à potente esquerda. Ouvi de novo, claramente, trac. Senti a dor em meu pé. Trouxe o joelho esquerdo ao peito, peguei o tornozelo e mexi o pé. Estava todo dolorido: aquele chute, com certeza. Se tivesse sido numa bola, nenhum goleiro seguraria: teria de soltar a redonda pra não ir junto pra rede. Mas tinha sido no Zito, o chute. Onde? Na canela? No joelho? Na coxa? Se o meu pé doía aquele tanto, imagine como não estaria a perna dele. Me lembrei de seu Lucas: "Se passar a bola, segure o homem".

Depois, Zito caído no chão, o pessoal do Santa Cruz em volta dele, seu Lucas me elogiando: "Meus parabéns, Delém, você fez exatamente o que devia ser feito".

Via o homem de cabelos quase brancos carregando o Zito no colo. Me lembrava de minha mãe falando, quando, do pódio, perguntei por meu pai:

"— Foi ajudar a levar o menino pro hospital".

"— Hospital?!" — tornei a perguntar em voz alta, pras paredes de meu quarto.

"— É, mas você não teve culpa" — disse minha mãe enquanto eu descia do pódio.

"— Isso acontece com todo jogador de futebol, Delém" — consolou a Denise, meio sem graça, ao lado de minha irmã.

Você não teve culpa! Claro, eu não tinha culpa. Mas me via, decidido, me apoiando no pé direito e chutando com o esquerdo, com toda a força. E se o Zito tivesse marcado o gol? Que teria acontecido? No máximo, seu Lucas diria que fui um mole, como de outras vezes, noutros jogos.

"Nessas horas, a gente segura o homem, Delém. A gente faz falta ou pênalti. Vale tudo. Qualquer coisa, desde que não saia o gol. Você amoleceu, foi uma falha grave. A gente tem de ser duro em campo. Futebol é pra homem."

Ele teria dito isso, eu ficaria chateado e pronto. A gente não seria campeão, minha medalha não seria dourada. E daí? Tudo bem, talvez eu não estivesse deitado em minha cama, sentindo aquela sensação besta e esquisita de me parecer estranho a mim mesmo. Nem teria ouvido a zoiuda da Denise, grandessíssima besta, me consolar, "isso acontece com todo jogador". O que ela entendia de futebol? Nada vezes nada: afinal, esse não era assunto de menina.

Me levantei. Olhei a medalha na cômoda. Senti um nó na garganta. Me perguntei por que fiz aquilo. Qual o problema se eles tivessem sido os campeões? Qual a importância de ser campeão ou vice? Ou de simplesmente se classificar entre os dez primeiros? Qual a importância daquilo tudo? Olhei de novo pra medalha dourada na fita verde e amarela: HONRA AO MÉRITO! Qual mérito, se o Zito tinha me driblado e, deslealmente, contra as regras do jogo, eu o impedi de fazer o gol? E quem garante que sairia o gol? E se, na hora agá, ele falhasse?

Olhei de novo a medalha. Meus olhos umedeceram. O soluço escapou, sentido e fundo. Peguei-a pelo cordão verde e amarelo, tive vontade de jogá-la, com todas as outras que estavam na gaveta, longe, bem longe.

Uma avalanche de soluços, choro forte. Apertei a medalha com a mão direita e me joguei na cama. As lágrimas molharam o travesseiro, que eu mordia pra abafar o barulho do choro convulso.

Apertei a medalha com mais força. Mais forte, cada vez mais forte. HONRA AO MÉRITO! Mais e mais força. Cada vez mais, até ter a certeza de que ela feria a palma de minha mão.

À procura de Zito

Dia seguinte. Eu não queria me lembrar do jogo, mas era impossível: nossas fotografias no jornal da cidade, o pessoal da rua nos cumprimentando, as canelas doendo, o peito do pé esquerdo machucado. Todos vinham pessoalmente me parabenizar; diziam que eu tinha sido a alma do time e da vitória. Mas isso me incomodava.

Na quarta-feira, treinei sem vontade. Seu Lucas percebeu e perguntou o que estava acontecendo.

— Nada, não.

— É cansaço, isso é normal. A gente não pode é desanimar — concluiu.

Na sexta, faltei ao treino, pela primeira vez, desde que tínhamos começado com o E. C. Jardim. Acontece que tudo o que estivesse ligado a futebol me lembrava aquele chute no Zito, me dava remorsos e aguçava a minha atormentante curiosidade de saber o que tinha acontecido com ele.

Sábado, meu pai chegou em casa com um par de muletas no automóvel. Perguntei pra que aquilo.

— Pro Zito.

Senti um estremecimento, uma vontade de chorar. Pensei logo que ele estivesse sem o pé, mas não disse nada.

Mais tarde, depois que meu pai saiu e voltou sem as muletas, perguntei em que hospital ele tinha sido atendido.

— No São Lucas, mas agora está tudo em ordem com Zito.

Fiz as contas, de domingo a sábado, sete dias. Devia ter sido muito grave. Me lembrei das muletas e me vinha a imagem de Zito sem o pé ou uma parte da perna. Sacudia a cabeça, dizendo pra mim mesmo que ninguém fica sem pé ou perna por causa de um chute, por mais forte e violento que seja. Mas a imagem em minha cabeça era mais forte. Só teria sossego se conseguisse me encontrar com Zito. Talvez meu pai pudesse me ajudar, mas me lembrei de minha mãe fazendo sinal pra ele não tocar nesse assunto. Sem dúvida, tinha sido muito grave. E a figura de Zito sem uma perna, pendurado num par de muletas, me provocou uma dolorida bola de ar na garganta, uma vontade desgraçada de chorar. Mas não adiantava nada chorar ou não chorar, apertar ou não apertar a medalha até ferir a palma da mão, dormir e sonhar com pontapé, nada disso adiantava, eu precisava mesmo é me encontrar com Zito, estivesse ele com a perna ou sem ela. Eu não sabia exatamente pra quê, se pra pedir desculpas ou ficar amigo, sei lá, mas precisava me encontrar a sós com ele.

A pista era o Hospital São Lucas. Fui lá, disse que queria visitar um amigo, o Zito, o menino que machucou a perna jogando futebol domingo passado.

— Teve alta ontem — informou a moça da recepção.

— Ah, não está mais no hospital? — perguntei aliviado. — A senhora tem o endereço dele?

— Espera um minutinho. — Dali a pouco, ela me entregou um pedaço de papel com o nome da rua e o número da casa.

A visita

Morava no Ipiranga, longe toda a vida. Um lado da cidade que eu só conhecia de ouvir falar. O motorista do ônibus me explicou direitinho onde ficava a rua e, ainda assim, me perdi.

Era uma casa pequena e velha. Castigada, portas sem pintura, paredes amarronzadas de terra. Quem me atendeu foi uma menina de uns cinco anos, olhos grandes e espantados, barriguda.

— É aqui que mora o Zito?

Ela me olhou assustada. Repeti a pergunta. Ela permaneceu muda. Daí apareceu uma mulher com um nenê no colo.

— É aqui que mora o Zito?

Ela fez sim com a cabeça.

— Sou amigo dele, vim visitar.

— Pode entrar. Ele está no quarto.

A pintura da casa não tinha idade, o chão de tijolo, o teto sem forro. Num canto da sala, a mesa velha, de madeira, sem verniz, com uns banquinhos avermelhados pela poeira da rua sem asfalto. Uma cortina fina separava a cozinha, onde se via um fogão a gás e uma pia de cimento inacabada. Os quartos eram dois. Num deles, que não tinha cama, só três colchões no chão de tijolo frio, estava o Zito. Senti um nó muito forte na garganta. As lágrimas teimavam em alagar as pálpebras e embaçar minha vista.

Ficamos nos olhando, calados, por um tempo que me pareceu muito grande. Finalmente, ele perguntou:

— Que que foi?

Fiquei sem saber o que responder. Enxuguei as lágrimas com as costas da mão direita. Sua imagem desembaçou e pude enxergar claramente: a perna direita estendida no colchão sujo, a esquerda, engessada, em cima de um travesseiro alto. Senti um alívio, uma alegria, uma vontade de rir, apesar da tristeza arranhando meu peito. Então, consegui falar:

— Você está lembrado de mim?

— Lógico. Você é o Delém, não é?

— Exatamente.

E ficamos sem mais nada pra dizer. Acho que ele estava sentindo raiva ou vergonha, pois abaixou a cabeça e olhou pra perna engessada, depois pras muletas.

— Dói muito? — perguntei.

— Não. Já não dói mais. Doeu muito, logo depois da operação.

— Operação?

— É. Operaram pra colocar o pé no lugar. Mas agora já está tudo bem. O pior passou.

Cheguei perto dele e me abaixei pra ver o gesso. Olhei também as muletas. Perguntei se ele era capaz de andar.

— Pouca coisa. Vou precisar treinar mais. Mas, por enquanto, não devo andar muito. Mais pra frente...

— Quanto tempo vai ficar engessado?

— De um mês e meio a três meses. Depende.

— Depende do quê?

— Não sei. O médico explicou umas coisas que não entendi direito. Parece que vou ficar menos tempo engessado por causa da idade. Ainda sou criança. Se fosse velho...

— Depois que tirar o gesso você vai andar normalmente?

— Acho que sim.

Depois de um silêncio, falei:

— Posso te pedir uma coisa?

— Claro.

— Anda um pouco pra eu ver.

Ele riu, disse que só estava deitado porque tinha sentido dor no pé. Mas precisava se levantar mesmo, não gostava de ficar na cama.

Ele fez um esforço, se sentou e, se apoiando na perna direita, com a ajuda da muleta esquerda, se levantou. A perna engessada pro alto, primeiro; depois, na posição normal. O gesso chegava quase ao joelho. Ele levava a perna direita pra frente, apoiado nas muletas, depois as muletas, equilibrado na perna boa, e caminhava, devagar, bem devagar. Senti um misto de tristeza e alegria, porque, enfim, ele estava ali, com as suas duas pernas. E mais uns dias, sem gesso e sem muletas.

— Como você vai fazer pra ir à escola?

— Caminhando devagar, ué!

— É longe?

— Mais ou menos.

Então a mãe dele entrou no quarto e falou pra gente ir tomar um cafezinho com bolacha.

Eu não tinha um pingo de fome, mas aceitei pra não desapontar.

Café fraco, bolacha sem gosto. O Zito comeu esganado, molhando a bolacha no café.

— Em que ano você está, Zito?

— No oitavo.

— Sempre digo pra ele, já está é na hora de trabalhar, mas que nada, só quer saber de futebol. Futebol e mais futebol. Está aí, deu nisso — falou sua mãe.

— Mas estudar é importante! — argumentei.

— É, só que pobre estuda de noite e trabalha de dia, porque se todos não ajudarem a família...

— A senhora tem razão — falei pra encerrar o assunto. E olhando pro Zito: — Quero te visitar mais vezes, posso?

— Lógico.

— Inclusive, se você estiver precisando de alguma coisa, alguma ajuda...

— Obrigado. Por enquanto, não preciso de nada.

Me despedi e saí, impressionado. O terreno minúsculo, um fio de água suja escorria ao lado da casa e ia até a esburacada rua de terra. Prestei atenção, vi o casario a sumir de vista, inacabado, ruas sem asfalto. Tudo, árvores, casas e muros, tudo avermelhado de pó. A bola de ar trepou na garganta de novo. Pensei que não era justo tanta miséria. E a imagem do Zito num colchão sujo e velho, sem roupa de cama, bateu forte, doído, em minha lembrança.

Tomei o ônibus. Cheguei em casa mais triste do que tinha saído, porém mais aliviado, sem aquela angústia a me atormentar: o Zito estava com as suas duas pernas e os seus dois pés. Quanto à pobreza, eu não podia fazer nada. Mas me doía, arranhava fundo o meu peito.

O mal maior

Criei coragem e contei pro meu pai que tinha ido visitar o Zito. Ele fez cara de satisfeito e perguntou por que eu não tinha dito antes; afinal, quase todos os dias ele passava pela casa do Zito.

— Eu não sabia.

— É, agora a gente precisa dar apoio pra ele. A família é muito pobre.

— Não tem nem cama.

— Verdade.

Então fiz a pergunta que estava presa na garganta desde o dia do jogo:

— Que que aconteceu com o Zito, pai? Por que precisou operar?

— Um problema sem maior gravidade. A pancada foi muito forte e pegou de tal forma que ele teve fratura e luxação.

— E por que precisou operar?

— Porque houve uma luxação, quer dizer, o desligamento dos contatos da articulação. No caso, o mecanismo que ligava os ossos do pé do Zito com os da perna foi desmontado, desarticulado; assim, pra que ele voltasse a movimentar o pé e a perna, precisou ser remontado, rearticulado.

— Rearticulado? Como assim?

— Ossos, cartilagens, músculos e nervos que ligavam o pé à perna, na pancada, se soltaram, então, os médicos precisaram recolocar cada coisa em seu devido lugar.

— Quer dizer que foi muito grave, pai?

— Mais ou menos. Mas você não tem de se preocupar com isso, agora ele está assistido. O Lucas, o técnico do Santa Cruz e eu estamos acompanhando e dando toda a assistência de que o

Zito precisa. Foi um acidente a que qualquer um está sujeito. O pior, maior dos males, é a miséria do Zito: eles não têm dinheiro pra custear o tratamento.

— Então, como vão fazer? Quem vai pagar médico, hospital?

— Nós. Fizemos uma vaquinha. O tratamento é longo, mas já está decidido que vamos arcar com todos os custos.

— Nós quem, pai?

— Já disse, o Lucas, o Leopoldo e eu.

— Vai ter muita coisa que fazer na perna dele ainda?

— Na perna, propriamente, não. Depois que tirar o gesso, vai precisar de fisioterapia pra recuperar os movimentos. Tratamento prolongado, mas simples, só exige paciência.

— E o pessoal do time dele, não vai ajudar com nada?

— O time é de gente pobre, Delém. Ninguém tem dinheiro. Mas não se preocupe, já acertamos essa parte.

Deixei meu pai na sala e fui pro quarto. Comecei a pensar. Não me saía da cabeça que eu é quem tinha dado aquele chute, com toda a força e toda a raiva que esquentavam meu peito. Por gosto. Eu fechava os olhos e via o Zito deitado naquele colchão, molhando bolacha sem gosto no café fraco. Sua irmã barriguda, sua mãe malvestida, sua casa fria e feia. Comecei a chorar, soluçando abafado no travesseiro.

A porta se abriu de repente. Enxuguei os olhos depressa e me sentei na cama. Meu pai estava segurando a maçaneta, olhando pra mim. Perguntou o que tinha acontecido.

— Nada, não.

— Como nada? Então quer dizer que você está chorando à toa?

Não me contive, olhei pra ele e comecei a chorar mais forte, soluçando muito. Disse que era por causa do Zito. Como ele ia fazer com aquela perna e toda a pobreza de sua família.

Meu pai entrou e fechou a porta. Se sentou na cama, ao meu lado. Me abraçou e me aninhou em seu peito. Disse pra eu não ligar mais pra aquilo, já estava tudo resolvido. Senti coragem e contei o que estava atravessado na minha garganta desde o dia do jogo:

— Pai, dei aquele chute por gosto, com toda a minha força e raiva, sabendo que ia pegar o Zito e não a bola. — E recomecei a chorar, soluçando.

Meu pai me aninhou melhor em seu peito, passou a mão no meu cabelo e disse que isso poderia ter acontecido com qualquer um, todo mundo corre o risco.

— Mas eu disse que foi por gosto, pai!

— Não tem importância. Todo o mundo, às vezes, se descontrola e age assim. Num jogo de futebol, então! Por causa disso, você não é pior que ninguém. Afinal, está sentido com o que aconteceu. Eu teria ficado muito preocupado se você demonstrasse indiferença, continuasse a agir como se nada tivesse acontecido. Mas, felizmente, não foi assim. Você se preocupou com o Zito, demonstrou que tem sentimentos, que é uma pessoa normal.

Olhei pra ele, enxuguei as lágrimas e me senti confortado, porque, na verdade, eu estava começando a me sentir a pior das pessoas, achando que tinha dentro de mim uma ruindade que me distinguia dos outros.

— O senhor acha, pai? Mesmo sabendo que foi por gosto?

— Claro.Todos temos alguma violência dentro da gente. Precisamos tomar cuidado pra que ela não venha à tona ou não nos domine, porque então a gente não se controla e faz besteira. Veja quanta coisa inexplicável acontece: assassinatos, brigas, roubos, perseguições, massacres, tudo porque o homem se deixa dominar pela violência irracional que existe em cada um de nós. Ora, se num jogo de futebol acabamos dominados por essa violência e cometemos alguma bobagem, não é porque a gente é bom ou ruim, mas porque somos humanos. E o futebol, ou o que as pessoas estão fazendo com o futebol, acabam liberando essa violência. Foi o que aconteceu com você.

Olhei pra ele, aliviado, depois pra palma de minha mão e vi aquela cicatriz da ferida que me fiz apertando a medalha. Ele perguntou o que tinha acontecido ali. Expliquei.

— Está vendo? Aquele dia, a violência se voltou contra o Zito, por um acaso, mas poderia ter se voltado contra qualquer outro. Depois, de arrependimento, ela se voltou contra você mesmo, porque você estava se achando ruim, pior que os outros. Como você gosta de futebol, assiste aos jogos pela tevê, vai ao campo, lê jornais, você percebe que no lugar do respeito aparece a difamação, no lugar do reconhecimento, a violência, tudo pra evitar que venha à tona a superioridade do adversário. Isso se embaralha em sua cabeça, você acaba achando normal e faz as mesmas coisas. Só que, lá no fundo, tem sua consciência dizendo que isso não está certo. E você sabe que ela tem razão. Então, você se volta contra si, sente raiva e desprezo de si mesmo. Mas isso é normal. De resto, foi ótimo você ter sentido e passado por essa experiência. Você não perdeu o respeito pelo próximo nem por você. Você não se controlou em campo, não teve humildade pra reconhecer a superioridade do Zito naquele lance decisivo e tudo deu no que sabemos. Mas o pior já passou.

De novo olhei pro meu pai, que passou a mão no meu rosto e me deu um beijo, sem dúvida um sinal de que gostava de mim como antes. Lembrei de seu Lucas falando que, se passasse a bola, era pra segurar o homem. Me lembrei de um montão de coisas que a gente vê ou lê sobre futebol e percebi que meu pai tinha alguma razão: a gente não tinha sido preparado para ter a humildade de reconhecer a superioridade do adversário, como se fosse alguma desonra perder um jogo. A incoerência: alguém tem de perder, a menos que se invente um esporte em que ambos os competidores vençam a partida, um campeonato em que todos possam ser campeões. Neste caso, nem seria preciso fazer os jogos, bastaria comprar troféus, medalhas e fazer a solenidade de entrega.

— O que será que a gente pode fazer pelo Zito?

— Não sei ao certo. Por enquanto, o que devia ser feito foi feito.

— Mas e daqui pra frente, já que tem mais tratamento?

— Delém, ele é muito pobre. O que vai fazer falta é dinheiro. Para o tratamento, já está resolvido, vamos arrumar. Vamos encontrar um jeito.

— Nós, quem, pai? O senhor, o seu Lucas e o técnico do Santa Cruz? Mas e eu?

Meu pai me olhou espantado e repetiu tudo o que já tinha me explicado, que não tinha sido nada tão horrível, que eu estava pintando o diabo mais feio do que era. Respondi:

— Tudo bem, pai. Acho que entendi tudo o que o senhor me explicou, mas nada disso me impede de, se puder, eu, Delém, dar um jeito de arrumar dinheiro pro tratamento do Zito. Afinal, dei aquele pontapé por gosto.

Ele me olhou de novo, me deu um abraço e disse que eu não deveria me preocupar com isso, de jeito nenhum. Essa era uma tarefa pra adultos.

— Tudo bem. Mas posso tentar, não posso?

— Então tente, com uma condição.

— Qual?

— Que você não se angustie mais por causa disso. Mesmo que não venha a conseguir ajudar. Tudo bem?

— Tudo bem.

Sem comissão

Toquei a campainha e seu Olegário atendeu. Me mandou entrar, sentar e perguntou a razão de minha visita.

— Como não poderia deixar de ser, estamos precisando da ajuda do senhor.

— Ora, vocês contam com minha simpatia e apoio.

Então expliquei a situação do Zito e disse que a gente, por questão de justiça, precisava levantar dinheiro pra socorrer o companheiro.

— E o que vocês estão pensando fazer? Livro de ouro? Rifa?

— Não, senhor. O acidente aconteceu num jogo de futebol, não foi? Então, vai ser aí, no campo, que a gente vai levantar dinheiro. Um jogo beneficente, toda a renda destinada ao tratamento do Zito.

— O que poderíamos fazer pra ajudar?

— Ceder o campo do clube da fábrica.

— Preciso consultar a diretoria, mas, com certeza, não vai haver problema.

— Então o senhor faz isso por nós?

— Tudo bem. Mais uma coisa: vou propor que a gente imprima cartazes e ingressos pra vocês venderem antecipadamente, porque, na minha opinião, não se deve contar com a bilheteria no dia do jogo. O que você acha?

— Pra mim, está ótimo.

— Então, seu Delém, estamos combinados?

— Estamos — respondi, pensando que o resultado tinha sido acima das expectativas, eu nem sonhava com cartazes e ingressos.

No treino

Quando seu Lucas mandou o time se sentar em círculo pra conversar conosco, pedi a palavra e expus o meu plano.

— Num domingo, a gente faz o jogo contra o Santa Cruz. Os ingressos a gente vende com antecedência na escola, em casa, nos bairros etc. Todo o dinheiro vai ser usado para o tratamento do Zito.

Seu Lucas disse que eu tinha razão, meu gesto era muito bonito. Fez outros elogios e concluiu:

— Todos embarcamos nessa canoa, não é mesmo?

A resposta foi um sim geral.

Depois do jogo

Vendemos todos os ingressos, mas pouca gente compareceu. Calma e tranquila, a partida terminou empatada, 2 a 2.

Segundo meu pai, o dinheiro arrecadado era o suficiente para a conclusão do tratamento. Seu Olegário se incumbiu de administrá-lo e, por isso, no fim do jogo, entregou ao Zito um recibo de depósito, explicando que o dinheiro ficaria no banco, à sua disposição, rendendo juros. Bastava avisar com um dia de antecedência o quanto precisava. Ao fim do tratamento, se houvesse saldo, o Zito poderia usá-lo como bem entendesse.

Levamos o Zito pra casa. Agora, mais ágil, ele correu até o automóvel, pulando com uma perna, se apoiando nas muletas.

Meu pai estacionou à sombra em frente de sua casa. Ouvimos gritos e choro. O Zito nos olhou envergonhado e disse:

— É... hoje meu pai bebeu. Quando bebe, nossa vida vira esse inferno.

— Por quê? — perguntei.

— Não está ouvindo? É minha irmã. Toda vez, ele bate na minha mãe. É sempre assim, ele só dá sossego quando não consegue mais parar em pé. Porém, até chegar a esse ponto, já bateu em todos nós. O pior é que minha mãe está esperando nenê.

Meu pai perguntou se ele não queria ir pra nossa casa, assim não precisava assistir a essas coisas nem corria o risco de apanhar.

— Não quero, não. Prefiro ficar. Quem sabe posso ajudar de algum jeito.

— Você quem sabe, Zito.

O Zito tinha acabado de descer, se ajeitava com as muletas, quando o pai dele abriu a porta e perguntou, gritando:

— Agora é hora de chegar em casa, seu peste? — E se dirigindo a meu pai: — O senhor veja, não tem jeito.A gente cria filho pra ficar na rua, dando trabalho pros outros. O senhor desculpe, mas esse menino não tem jeito.

— Vê lá, ele não me deu trabalho algum.

— Bondade sua. Ele não serve pra nada, que nem todo mundo aqui em casa.

— Serve sim — disse meu pai. — Não sei se o senhor sabe, mas o Zito é bom aluno e excelente jogador de futebol.

— Mas em casa, precisamos de quem trabalhe. Futebol pra quê? Pra chegar de pé quebrado? Pra ficar na cama de perna engessada? E escola, então?! Pra quê? Nunca fui na escola e estou vivo. Ele precisa aprender a puxar enxada.

— Mas o Zito ainda é criança.

— Que criança, que nada! Eu comecei a trabalhar com oito anos. Estou vivo. Hoje é que tem esse bando de desocupados. Onde já se viu menino nessa idade sem fazer nada?

— Não é bem assim, seu... Qual o nome do senhor mesmo?

— Alfredo.

— Pois é, seu Alfredo, não é bem assim. Os tempos mudaram.

— Pra pior.

Então meu pai desceu do carro e perguntou se poderia entrar um minuto pra conversarem. Seu Alfredo disse que sim. Meu pai fez sinal pra eu e o Zito ficarmos.

Demorou, mas voltou; disse que o Zito podia entrar, seu Alfredo estava dormindo.

— Ajudei ele a beber o resto da garrafa — concluiu.

Fomos embora. Um silêncio chato ficou entre mim e meu pai. Perguntei por que certas pessoas bebiam a ponto de perder o controle. Ele pensou, olhou pra dentro de si e respondeu:

— Ninguém sabe ao certo. Acho que quem bebe quer fugir da realidade que não suporta, com a qual não se conforma. O álcool nada resolve, mas enquanto se está bêbado...

Chateado, meu pai não queria falar sobre o assunto. Perguntei:

— Pai, por que o senhor está tão triste?

Ele parou o carro na esquina, olhou pros lados pra ver se podia passar e respondeu:

— Porque certas coisas nesta vida são uma droga. Por exemplo, os problemas da família do Zito: nós resolvemos a questão de seu tratamento, de sua reabilitação ortopédica, mas e o resto? Quando ele estiver andando quase como antes...

— Por que quase como antes?

— Quando a gente sofre uma luxação, aquela articulação nunca mais volta a ser a mesma. Sempre fica uma sequela. Al-

guns movimentos sofrem limitações, outros até são perdidos. Mas o Zito é moço, a bem dizer, menino, a sequela não vai ser grande, fique tranquilo. De resto, você já compreendeu por que aconteceu isso, não compreendeu? Se desligue dessa questão. Agora, o importante é o resto. Depois que o Zito voltar à vida normal, o que vai ser dele? O que ele vai fazer? Estudar? Trabalhar? Qual o futuro desse menino? De sua irmã? De sua mãe? De seu pai? Do irmãozinho que vai nascer? Qual o futuro dessa gente? É isso que me preocupa e entristece: o que fazer pra curar essa ferida social que deveria doer no peito de cada homem, como dói no meu.

— E se a gente arrumasse um emprego pro Zito?

— Acontece, Delém, que existem milhões de Zitos neste Brasil. A gente só resolveria um problema. Os outros milhões permaneceriam.

— Quer dizer que não tem jeito, então?

— Tem, sim, filho. Tem jeito, mas leva tempo, consome trabalho, dedicação e paciência, precisa do envolvimento de toda a sociedade.

— Mas se cada um que pudesse tomasse conta de um...

— Com certeza, as coisas melhorariam muito.

Novidade no E. C. Jardim

— Eu queria dizer que fui muito feliz enquanto trabalhei com vocês. No entanto, tenho outros compromissos que me afastam do E. C. Jardim. É uma pena. Aqui, fiz meu nome como técnico de futebol infantil; aqui, formei pelo menos três craques que têm condições de jogar em qualquer equipe infantil do país. Acho que vocês compreendem, não é verdade? Gostaria de continuar, mas é impossível, por duas razões: primeira, o Botafogo exige exclusividade, não posso trabalhar como técnico pra nenhum outro clube, mesmo de graça; segundo, falta de tempo: tenho família e não posso deixar as aulas de Educação Física que dou há mais de vinte anos.

Seu Lucas falava, eu olhava pros companheiros. Alguns eram novos, mas a base do time era a mesma, a turma de amigos da nossa rua. Senti um nó na garganta, uma vontade de chorar. Não porque o seu Lucas deixava de ser nosso técnico. Na verdade, eu sentia saudades da gente mesmo: nesses últimos anos, tínhamos mudado, não éramos os mesmos. Os primeiros fios de barba apontavam no meu rosto, que já tinha sido rapado com o aparelho de meu pai algumas vezes. Eu tinha chegado ao primeiro ano do ensino médio, precisava me definir: pensar numa profissão, estudar duro pra enfrentar vestibular. O próprio futebol tinha perdido a graça: por exemplo, no primeiro turno do campeonato, o E. C. Jardim tinha sido derrotado várias vezes, estávamos sem a menor chance de sermos finalistas. Enfim, perdíamos a garra. Eu não comparecia a todos os treinos nem me emocionava muito com nossas vitórias. Enquanto eu pensava e sentia essas coisas, alguém perguntou:

— Seu Lucas, quem vai ser o nosso técnico?

Ele nos olhou, pôs a mão no queixo, pensou e disse, devagar:

— Sabe, pensei nesse problema. Cheguei a contatar alguns colegas, mas ninguém se interessa, por uma razão muito simples: o E. C. Jardim não paga. A vida está difícil, ninguém trabalha de graça. Pra ser sincero, comecei com vocês por causa do Marcelo, que é meu filho: eu sonhava fazer dele um craque. Acabou não dando certo, mas fomos campeões, o time cresceu, fui convidado pra assumir o júnior do Botafogo. Não posso recusar. Sabe, o ideal seria vocês se reunirem e ver se o pai de alguém não está disposto a me substituir.

Nos entreolhamos, estávamos tristes. Sabíamos que era o fim do E. C. Jardim. Talvez nem continuássemos no campeonato.

Na verdade, porém, minha tristeza maior não era o fim do time, mas sim a consciência de que, naquele momento, começava uma nova fase de minha vida. Olhei pro céu alaranjado pelo sol da tarde. Senti o vento fresco. Até a hora me pareceu triste.

— Seu pai não toparia, Delém?

— Vê lá — respondi rindo. — Ele não entende nada de futebol. — E pensei comigo que, ainda que entendesse, não toparia, principalmente quando soubesse que eu também estava deixando o E. C. Jardim.

Muitos ficaram de conversar com os pais. Mas ao treino seguinte só apareceram cinco jogadores. Depois desse, nunca mais houve treino do E. C. Jardim, que deixou de comparecer às partidas do campeonato.

*   *   *

Naquela tarde, pela última vez ouvi a "zoiuda" da Denise carrapata cochichar pra minha irmã:

— O Delém não pensa noutra coisa, só futebol.

Na fisioterapia

O Zito se deitava, o fisioterapeuta pegava em seu pé. Mandava ele fazer certo movimento. Eu via sua careta de dor.

— Com mais força — ele insistia.

O Zito rolava, apertava os dentes de dor e rolava de novo. O fisioterapeuta, segurando seu pé esquerdo, incentivava.

— Vamos, outra vez! Com força. Dói, mas só assim você vai recuperar este movimento. Vamos, vontade! Força!

E o Zito fazia o movimento, rolava no chão, rilhava os dentes.

Depois da sessão, o fisioterapeuta explicou que aquele movimento estava difícil, mas que o Zito o recuperaria, pelo menos parcialmente. Ia demorar, era preciso paciência e vontade.

— Por quanto tempo ele vai precisar vir aqui?

— Um ano, talvez dois. É difícil prever, cada organismo reage de um jeito. Mas sempre demora, casos de luxação são complicados. O Zito ficou imobilizado quase três meses, certos músculos atrofiaram. Agora, a tendência, se a gente parar com os exercícios, é o pé voltar àquela posição meio morta de quando tirou o gesso. Sabe, nosso corpo é preguiçoso por natureza, a gente precisa lutar pra que ele não se acomode. É a velha lei do mínimo esforço.

Lembrei de minha luta com o pé esquerdo. Sem saber nada disso, eu tinha feito tudo certinho. Mas voltei a me preocupar com o Zito:

— Quer dizer que além desse tempo todo que ele vem fazendo fisioterapia ainda deve ter mais de um ano pela frente?

— Pelo menos mais um. O Zito já sabe disso, não sabe?

— Sei.

— Bem, doutor, e a recuperação? Vai ser total?

— Sem dúvida. Vai ficar quase igual a antes, mas dificilmente volta a jogar futebol do mesmo jeito. Sempre vai sentir alguma dor, alguma dificuldade para determinados movimentos. Sempre sobra alguma limitação.

Nos levantamos e o fisioterapeuta nos acompanhou até à porta da clínica. O Zito mancava muito de leve.

No ponto de ônibus, perguntei se estava dando certo o emprego que ele tinha começado.

— Puxa vida, se está!

— E a escola?

— Normal.

Parecia mais novo que seus dezesseis anos. Era fraco, mirrado.

— Você não vai deixar de estudar, vai?

— De jeito nenhum, quero virar gente na vida.

O ônibus vinha chegando. Me despedi. O Zito saiu correndo, manquitolando de leve com a perna esquerda. Pensei comigo: "preciso perguntar um dia se ele não tem raiva de mim". E tomei o caminho de casa, andando devagar, com um vago sentimento de tristeza.

Visita inesperada

Naquele domingo de manhã, sentado no sofá, eu lia o romance que o professor de Português tinha mandado. Meu pai, à minha frente, o jornal. Minha mãe, Daniela e a carrapata da Denise preparavam o almoço. A campainha soou. Fui atender. Pra meu espanto, era seu Lucas.

— Que surpresa! Como vai, seu Lucas?

— Tudo bem. Seu pai está?

— Está, sim. Vamos entrar.

Ele vestia macacão do Botafogo F. C., tinha engordado um pouco e seus cabelos estavam mais grisalhos. Assim que entrou, meu pai disse, alegre:

— Bons ventos o tragam. Vamos nos sentar.

— É só uma conversa rápida, nada importante. Mas antes de mais nada, como estão as coisas, Márcio?

— Tudo bem. E você? Pelo visto, por cima da crista. Todo santo dia nos jornais, na televisão, todo importante como técnico do júnior do Bota.

— É, muito trabalho. Uma canseira, nem queira saber.

— Vê-se — respondeu meu pai, cutucando, com um gesto serelepe e brincalhão, a barriga nada esportiva de seu Lucas.

— É a idade, Márcio. O peso dos anos.

— Ou a prosperidade, Lucas. Próspera idade!

— Bem, vou direto ao assunto, porque daqui a pouco preciso estar no campo: hoje, fazemos a preliminar.

— Não dá nem pra tomar uma cerveja?

— Bem, pra isso sempre a gente arruma tempo.

Meu pai foi à cozinha. Ouvimos o barulho de abrir e fechar geladeira. Então, ele voltou com cerveja gelada e copos.

— Toma, Delém?

— Obrigado.

— Isso mesmo, jogador que se preza não bebe — elogiou seu Lucas, com cara de faça-o-que-eu-digo-mas-não-faça-o-que-eu-faço.

— Ih, faz tanto tempo que não jogo. Só de vez em quando na escola. Nem posso mais ser considerado jogador.

— Pois é, o Jardim acabou, a turma se dispersou. Infelizmente, isso é assim. Mas você não devia parar, de jeito nenhum. Aliás, vim aqui por isso, pra te fazer um convite. De toda a turma, o único com condições é você, Delém.

— Eu? — exclamei espantado, como se tivesse me esquecido de que tinha sido considerado a alma e o cérebro do time. Como se nunca me tivesse passado pela cabeça semelhante ideia. Como se tal esperança nunca tivesse existido em mim.

— Claro. Por isso vim aqui, pra saber se não quer entrar pro Botafogo. Tenho certeza de que logo, logo você está na equipe profissional.

Fiquei emocionado. Antevi minha glória nos estádios, meu nome nos jornais e na tevê. Pra ser sincero: me vi vestindo a camisa amarela da seleção. Olhei pro meu pai, ele não estava nem um pouco abalado. Bebia sua cerveja com calma, como se seu Lucas tivesse acabado de falar "hoje é domingo".

— Que que você acha, Márcio?

— Bem, Lucas, quem sabe disso é o Delém. Ele está no ensino médio, precisa ir pensando no vestibular. Mas, sei lá! Por mim... Se ele quiser...

— Mas, Márcio, pode ser a grande oportunidade da vida dele!

— Sei disso. Você disse bem: a grande oportunidade da vida dele, do Delém, não minha. Não posso interferir, ele decide. — Então ele olhou pra mim e perguntou: — E você, Delém, o que acha?

O convite era irrecusável. Tive vontade de voltar à garagem, como no começo do Jardim, pegar uma bola e começar a treinar chutes. Só que agora eu já sabia usar, indiferentemente, uma ou outra perna. Bastava aceitar o convite e ver no que dava.

— Claro que eu gostaria de tentar!

— Então, está resolvido, Lucas — disse meu pai, e se dirigindo a mim: — Eu só espero uma coisa: que continue levando a escola a sério, independente de você se realizar como profissional.

— Também não é assim — tranquilizou seu Lucas. — Não vamos voar tão alto. Isto é apenas um convite pra treinar no júnior, pra ver se se desenvolve, se entra no ritmo e acompanha a turma. Não vai atrapalhar em nada. Minha tarefa é caçar talentos, formar e, há muito, não aparece ninguém. Comecei a escarafunchar a memória e me lembrei do Delém, principalmente por causa de sua força de vontade. Nunca trabalhei com alguém com tamanha garra. Tenho certeza de que ele só não se profissionaliza se não quiser. Tem os campos do Brasil e do mundo pela frente. Mas esta é uma opinião minha, particular. Às vezes, na prática... — Fez silêncio e me perguntou: — E aí, Delém? O que você acha?

— Acho que vou.

— Bem, o treino é quarta-feira. Apareça no estádio às três da tarde, procure o Manoel, que já vai estar sabendo de tudo. Posso contar com você?

— Com certeza!

Dedicação

Um-dois, três-quatro. Um-dois, três-quatro. Abdominal. O companheiro segurando a perna, mãos cruzadas sob a nuca, erguendo a cabeça pra tocar o joelho. Força, força, força. O suor escorrendo gorduroso pela testa. "Agora, flexão de pernas. Força. Um jogador de futebol precisa de pernas. Isso, jogue a perna pra cima, toque com a direita a ponta da mão esquerda lá no alto. Com toda a força. Respirando bem fundo, enchendo o pulmão de ar. Respiração é importante pra oxigenar. É fundamental respirar corretamente."

Olho o campo verde, liso e limpo, parece tapete de tão bem cuidado. Perfeito. Sem um buraco, sem um morrinho. A bola rola macia e lisa, redonda. Seu Lucas falando, "força de vontade, daqui, quem sabe, não sai mais uma revelação". Pra gente não se esquecer, "deste time saiu Sócrates, o Magrão, o Doutor e também o Zé Maria". Pra não desanimar, "com força de vontade é que conseguimos tudo na vida". Desenvolver a musculatura da perna, ir buscar a bola com a cabeça lá em cima, mais alto que todos. "Um jogador fisicamente preparado já andou mais da metade do caminho, pois pouquíssimos aguentam correr os noventa minutos sem se cansar. Vamos lá, gente! Força! Um-dois, três-quatro".

Um-dois, três-quatro. Agora não vejo o gramado verde e liso onde a bola rola redonda e limpa. Agora é o chão duro e frio, de ladrilho vermelho da garagem do fundo de casa. Mas a vontade é a mesma, a dedicação também. "Todo ano, desta equipe, a gente escolhe uns quatro ou cinco pra entrar no profissional. Lógico, sempre os melhores. Tudo vai depender de cada um. Vamos lá, correndo sem sair do lugar. Isso, erguendo bem os joelhos, como quem quer tocar o queixo. Isso, bem forte. Respirando fundo." E o suor escorre. Depois me deito no chão, pra descansar e, respirando fundo, fazer sequências abdominais. O ladrilho frio dá uma sensação agradável. Sinto canseira, dor nos músculos das costas. Mas não posso desanimar. "Vamos, erguendo a cabeça, tocando a testa no joelho. Isso, força. Força."

Agora correndo. Em volta do campo, as arquibancadas vazias. "Isso, sem desanimar." Imagino o povo gritando, aplaudindo. E me esforço, abro os passos, piso firme. Ouço o barulho da torcida e olho as arquibancadas vazias, o estádio morto desta quarta-feira de treino.

Agora sinto o automóvel passando ao meu lado, rápido. Piso firme o asfalto, abro os passos, respiro fundo. Já fiz a sessão de ginástica na garagem, preciso treinar resistência física. "Respirando fundo, sem desanimar." Não, a grama é do canteiro central da Avenida 13 de Maio. Olho as árvores. Lá adiante um flamboiã florido, derramando vermelho no verde de suas folhas. Me lembro do E. C. Jardim. Passou, acabou. Só eu continuei. Correndo pelas avenidas todas as tardes, fazendo ginástica com dedicação e vontade. Tenho certeza de que não demora, e seu Lucas me manda pra equipe profissional. Abro os passos, sinto o chão duro, asfalto ainda quente de sol.

Anoitece aos poucos. Entro em casa, cansado, mas com uma sensação boa de vigor físico. Respiro forte, sinto dores em alguns músculos. E fome. Sou capaz de comer um boi depois desses exercícios e treinos diários. Sinto o cheiro de alho e cebola da comida de dona Suzana, que ganha um beijo antes de eu beber água.

— Mãe, estou morto de fome!

— Novidade, não?! Já estou pondo a mesa, num minuto.

Conquista

Do banco, eu via o Zito no alambrado, rindo, satisfeito. A gente estava ganhando de 2 a 0, o segundo tempo corria fácil. Eu tinha certeza de que era o dia ideal pro seu Lucas me experimentar.

O Zito faz sinal de positivo com o polegar da mão direita. Olho a arquibancada, ainda não está cheia, pois apenas fazíamos uma preliminar. Movimento de gente chegando. Distingo os vultos da Daniela e da Denise. Me lembrei que foi a "carrapata zoiuda" que quis ir ao campo. Pela Daniela, estariam no clube, aproveitando o sol. Gozada aquela menina: sempre que podia, dizia que eu só pensava em futebol. No entanto, não perdia jogo meu... Vá entender a sua cabeça maluca! Mas desviei meu pensamento pro seu Lucas, que me fazia sinal pra entrar. Com certeza o estádio ia lotar. Afinal, era Botafogo e Corinthians.

Substituição autorizada. Cumprimento o colega que deixa o gramado e entro, correndo, num pique rápido, à procura de minha posição.

Jogo fácil, adversário fraco. Aliás, como sempre diz seu Lucas, o júnior do Botafogo é imbatível. Pentacampeão paulista, bicampeão nacional. Mesmo assim, não menospreza adversário. A bola vem vindo, pelo alto. Lançamento pro ponta-direita, vou ser capaz de cortar, fácil, fácil. No peito. Isso, assim bandida! Agora desça tranquila pro pé direito. Pro esquerdo.Vamos correndo, pisando firme, olhando os companheiros. O velho conselho, eles são

onze, você um só. Futebol é equipe. Já sei, jogo pro centro do meio de campo. Dali é possível lançar tanto a direita quanto a esquerda, com a vantagem de eu poder me infiltrar. Jogo fácil, 2 a 0. Corro, fazendo sinal de que estou entrando pela esquerda.

Ela passa por cima de minha cabeça. Com o corpo, tiro o beque da jogada e paro a bola, lanço lá no fundo pro ponta, que, imediatamente, cruza, enquanto corro pra área, acompanhado pelo beque, que corta de cabeça. Mas a bola cai no pé de um companheiro, que, de pronto, lança pra área. Continuo correndo, correndo, ao encontro da bola, que vem redondinha, na medida certa pro meu pé direito, que bate de peito, firme e duro, bem de cheio, num tiro indefensável, um dedo abaixo do travessão, quase no ângulo direito. O goleiro pulou só pra não dar vexame.

Os colegas me abraçando. Vejo o Zito no alambrado, risada rasgada, polegar da mão direita pra cima. Seu Lucas, no banco, mostrando dentes satisfeitos e brancos. E a Denise na arquibancada, pulando com o seu boné vermelho na mão, os cabelos longos esvoaçantes. A seu lado, em total indiferença, a Daniela, sentada. Nem pra se levantar!

O juiz colocou a bola no centro pra recomeçar a partida. Eu precisava me concentrar, permanecer na defesa pra mostrar o que eu sabia fazer aqui embaixo.

Jogo seguinte, entrei como titular.

Mancada

A gente batia bola à toa, sábado à tarde. O estádio vazio. O Zito entrou no campo pra brincar conosco; afinal, nem treino era. Sol forte. A bola cruzada, subi pra cabecear, a luz ardendo em meus olhos. Apenas consegui raspar a testa, a redonda foi pro pé do Zito. Me posicionei pra defender. Ele fez sinal de finta pra esquerda, depois pra direita. Passou o pé por cima da bola, me deixei driblar.

Olhei pra trás, ele corria, com levíssimas manquitoladas na perna esquerda. A gente precisava olhar muito bem pra perceber. Só um profissional, médico, fisioterapeuta, preparador físico, ou quem sabia do acidente conseguia notar. E lógico, o próprio Zito, que sentia na pele a limitação. "Será que ele teria tido oportunidade, se não tivesse sofrido a luxação?", me perguntei angustiado. Um nó apertou minha garganta. Por mais que eu pensasse que não — o meio pobre, sua constituição franzina, a má alimentação, a família pressionando pra arrumar emprego — o nó persistia, amarrava doído a garganta.

Coisas difíceis de mudar

Acompanhei o Zito até sua casa. Agora, ele morava num conjunto de casas populares. Rua asfaltada, casinha modesta, mas bem pintada e limpa. Seu quarto tinha três camas. Os cômodos eram apertados, mas o chão lajotado, a cozinha azulejada. Bem melhor que antes. Me lembrei daquele dia em que o pai dele, bêbado, batia na mulher e ameaçava o resto da família. Eu sabia que era incômoda, mas fiz a pergunta:

— Seu pai ainda bebe?

Olhando baixo, meio envergonhado, respondeu:

— Sabe, Delém, certas coisas são difíceis de mudar. Essa é uma delas. De vez em quando, amarra o palhaço, só para de beber quando não consegue mais andar ou falar.

— Mas ele não bate mais em sua mãe, bate?

— De jeito nenhum. Veja bem — ele continuou, mostrando o corpo —, você acha que ele pode comigo?

Franzino e miúdo, ainda assim maior e mais forte que seu pai. Vi na sua cara a barba rapada. Dei risada.

— Está certo, Zito. Às vezes a gente se esquece, mas nós crescemos, não é mesmo?

Ele concordou rindo. Satisfeito.

Fugindo da briga

Ele ameaçou sair à esquerda. Caí na finta. Impossível voltar a tempo de impedir que entrasse na área: no movimento, levei o corpo todo, não dava pra parar de jeito nenhum. Ele tinha vencido e escapava, ia pro gol, livre, sozinho. Só fazendo pênalti: saltar com as pernas, numa tesoura. Ou... E lembrei daquela decisão do E. C. Jardim, há quatro anos. Falou mais forte uma conversa com meu pai: a gente precisa reconhecer a superioridade do adversário. Afinal, as regras foram feitas pra gente se comportar como animais racionais, dominando e vencendo a violência que existe em nós. Ele tinha o direito de marcar o gol. Que entrasse, driblasse o goleiro. Eu só podia correr atrás, na maior velocidade possível, com toda a energia de que dispusesse. Os outros recursos não eram leais. O que poderia acontecer se perdêssemos o jogo? Qual o problema se o júnior do Botafogo não fosse campeão? Afinal, só um pode ser campeão.

Olhei o adversário driblar o goleiro e chacoalhar a rede. Saiu pulando, com a bola, que tinha ido buscar dentro do gol, na mão. Pulava, abraçado pelos companheiros. Merecia as homenagens, tinha vencido a batalha.

Do banco, seu Lucas olhou pra mim, insatisfeito. Afinal, tínhamos menos de dez minutos de jogo pela frente. O adversário era forte, iria se fechar na retranca e, muito dificilmente, recuperaríamos aquele gol. Mas alguém tinha de perder, falei pra mim mesmo. Qual o problema se os perdedores fôssemos nós, uma vez que eles tinham jogado melhor ou tido mais sorte?

No vestiário, seu Lucas perguntou, irritado:

— Delém, por que você não fez o pênalti, não segurou o Sílvio? Dá pra me explicar, heim?

Adiantava explicar? Ele iria entender? Será que sentia o que sinto sempre que vejo o Zito manquitolar? Afinal, a consciência era minha e não dele. Quem ia entrar de sola, com o risco de machucar alguém, era eu e não ele. Quem tinha apertado a medalha até ferir a palma da mão tinha sido eu. Não, impossível recomeçar tudo outra vez. Impossível. Responder o quê?

— Seu Lucas, fiquei com medo de machucar. Se eu saltasse numa tesoura...

— Medo de machucar? Virou perna de boneca, é?

— Antes fosse, porque, se quebrasse, a gente punha outra. Mas a nossa perna, seu Lucas, conforme o estrago, não tem mais conserto.

— Além de tudo, indisciplinado — falou, alterado, nervoso. — Preciso ter uma conversa com você, mas não pode ser aqui. Agora, se troque e saiba que perdemos o jogo e o título por sua causa. Medo de machucar o adversário! Onde já se viu isso? Você está é fugindo do pau.

— Não estou, não. Mas o senhor não entende. Nem vai me entender nunca.

* * *

Saí do vestiário desconsolado, cabeça baixa e cheia de lembranças tristes, olhos molhados e a garganta amarrada. Senti a mão no ombro. Me virei e dei com o rosto da Denise, os cabelos castanhos presos pelo boné vermelho.

— Não ligue, Delém, você não podia ter feito nada pra impedir o gol.

— Será?

— Claro, o cara tinha ganho a parada.

— Mas se eu quisesse pegar ele por trás...

— Não conseguiria, ele estava muito na sua frente.

— Você acha que sou bobo, Denise? Pensa que não sei que está querendo me consolar?

— Pense o que quiser, mas estou falando a verdade. Que interesse eu teria em mentir?

— Sei lá — respondi, olhando pros seus olhos grandes, agora tristes e profundos, procurando em vão um motivo razoável para que ela mentisse. Pra desfazer o mal-estar que estava surgindo, perguntei: — Cadê a Daniela?

— Não quis vir.

— E você veio sozinha! — exclamei, pensando que a Denise, enfim, estava descarrapatando.

— Pois é... — ela respondeu, olhando pro chão, com jeito de que tinha sido pega em flagrante. Mas por quê?

— Vamos embora — foi a melhor coisa que me ocorreu dizer na hora.

— Você não vai ver o jogo principal?

— Hoje não.

Sabor de vitória

Em meu quarto, descansado, olhando as pernas peludas, sem marcas roxas, sem tornozelos inchados, senti que, ao contrário da vitoriosa decisão de quatro anos atrás, aquela derrota tinha sabor de vitória. Eu respirava fundo, enchia os pulmões com o ar úmido do entardecer que entrava pela janela. Me sentia feliz e livre, como o vento que soprava empurrando aquela bola alaranjada lá longe no céu. Livre, porque podia decidir se segurava o adversário ou o respeitava, deixando que ele marcasse o gol. Livre, porque eu tinha aprendido a perder com dignidade e respeito, o que me parecia muito mais importante do que ganhar por qualquer meio. Livre, porque eu tinha dominado aquela violência que nasceu e cresceu dentro de mim quando vi que estava batido e derrotado pela habilidade do adversário. Precisava comemorar, sair de meu quarto, ir pra rua, ver meus amigos. Ver as meninas, ver a Denise, cujo rosto estava impregnado em minha memória e se desenhava no teto de meu quarto sempre que eu fechava os olhos. E também ver o Zito, por que não? Falar pra ele, olhe, nunca mais vou fazer o que te fiz.

Saí do quarto. Meu pai lia na sala, um livro grande, de capa amarela. Minha mãe esquentava o resto do almoço. A Daniela não tinha chegado do clube, mas a "carrapata" estava na cozinha, nem um pouco preocupada com minha irmã. O que estaria fazendo em casa? Vi seus cabelos castanhos soltos, caídos nos ombros. Lembrei de nossas brigas, nossas provocações. Tudo isso estava se acabando. Estávamos crescidos, éramos amigos. A campainha soou.

Fui atender, era seu Lucas. Chateado. Queria falar do jogo, mas eu nem queria pensar nisso. Queria apenas curtir o sabor de vitória daquela derrota, bem diverso daquele sabor amargo de derrota de uma vitória cuja garra até hoje me espreme o peito.

Mandei seu Lucas entrar. Ele cumprimentou meu pai e perguntou se eu tinha lhe contado a *tragédia.* Isso mesmo, disse *tra-gé-dia,* com todas as sílabas e letras.

— Perdemos o jogo e o campeonato, por causa do Delém.

— Nossa, eu não sabia disso. Que aconteceu?

— Não foi bem assim, seu Márcio — falou Denise, entrando na sala. — O Delém não podia fazer mais nada, levou a finta e o adversário, num instante, ficou muito na sua frente, fora de seu alcance.

"Ela estava me defendendo", exclamei pra mim mesmo. Por que seu Lucas tinha ido atazanar a gente com problemas de futebol? Não queríamos saber disso naquele momento. Mas ele estava lá, falando:

— O Delém deixou que marcassem o gol.

— Bem, na melhor das hipóteses, seria pênalti — me defendi.

— Mas nem pênalti era possível fazer naquele lance — contestou Denise.

— Podia sim — falou seu Lucas irritado. — Eu estava no campo.

— Eu também e acompanhei a jogada com atenção.

— Bem, não vim aqui pra discutir com você, menina. Eu estava lá, tenho mais de vinte anos de futebol e sei que era possível fazer o pênalti e deixar uma esperança. Mas o Delém se recusou a isso e deixou que a derrota se abatesse implacável sobre nós.

— Bem, precisamos admitir que jogaram melhor, não é verdade?

— Isso nunca se admite, Delém!

Olhei pro meu pai e, pelo seu jeito, entendi que não adiantava levar a discussão adiante. Certas coisas só mudamos com muita paciência e trabalho incansável. E depois de muito, muito tempo.

— O pior é que eu ia sugerir o Delém pra equipe profissional. Agora, depois desse fiasco, nem sei se posso. Além de ter fugido da briga, se mostrou indisciplinado.

Inexplicavelmente, a Denise fez cara de alegre. Meu pai olhou pra mim e perguntou pro seu Lucas:

— Como indisciplinado? O que foi que ele fez?

— No vestiário, na frente de toda a equipe, como se jogador de futebol tivesse canela de vidro, disse que não foi em cima do adversário pra não machucá-lo, preferiu deixar que fizesse o gol.

— Exatamente porque não é de vidro nem de boneca que tenho medo de machucar alguém. Ou o senhor não sabe que perna a gente só tem uma, que um estrago qualquer é pro resto da vida — me defendi.

— Não estou falando, Márcio? Me respondeu assim, num tom muito mais agressivo, na frente de todo o time. Por isso vim aqui. Afinal, considero o Delém e a nossa amizade.

Meu pai permaneceu calado e um silêncio incômodo se interpôs entre nós. Seu Lucas se ajeitou no sofá e disse:

— Sabe, Márcio, o Delém está jogando fora a oportunidade de sua vida. Milhões de rapazes gostariam de ter essa chance que ele está deixando escapar pelos vãos dos dedos.

— Por quê? — perguntei. — Só acho que é possível jogar futebol respeitando o adversário.

— Tudo bem, mas o respeito vai só até um certo ponto. A partir daí...

— Além de tudo, seu Lucas, futebol não é a única profissão do mundo — ponderou Denise.

Com uma revolta que me revolvia os sentimentos, falei, exaltado:

— Sabe, seu Lucas, consciência a gente carrega a vida inteira. O que fica dentro de minha cabeça é impossível de dividir com alguém. Principalmente quando são sentimentos incômodos, como, por exemplo, remorso. É por isso que fiz o que fiz em campo. — E dei a entender que, de minha parte, a conversa e o assunto estavam encerrados, pois tínhamos opiniões inconciliáveis e, de resto, eu precisava sair, ver meus amigos, as meninas, curtir o sabor de vitória daquela derrota. Vitória sobre a irracionalidade. Vitória sobre mim mesmo.

— Bem, Lucas — meu pai disse —, não posso fazer nada.

Quando você veio aqui pela primeira vez, falei que o Delém é quem sabe de sua vida. Continua do mesmo jeito, está nas mãos dele. Só acho que ele não deve ser indisciplinado.

— Mas tem um negócio: ter opiniões próprias é um direito e não indisciplina — falou a Denise.

— E eu não julgo indisciplina agir de acordo com a própria consciência, quando não estamos ferindo nenhum preceito — acrescentei.

— Nem é indisciplina emitir opinião contrária seja lá à de quem quer que seja — reforçou Denise.

— Sabe, Delém — seu Lucas falou, chateado —, acho que você tem tudo pra ser um bom jogador. Um Sócrates, um Falcão, um Zico. É questão de compreender certas coisas elementares, como, por exemplo, que, em campo, a gente precisa passar por cima de algumas ideias próprias.

Acho que ele queria continuar falando, mas não deixei:

— Seu Lucas, sei que o senhor não vai entender, mas não me preocupo com isso. Primeiro, não quero ser Sócrates, nem Zico, nem Falcão, nem mesmo Pelé ou Garrincha. Não quero ser ninguém além de mim mesmo, Vanderlei, Delém. Segundo, acho que na vida tem coisas mais importantes do que jogar futebol.

— Pô, ainda bem que você está começando a enxergar além de seu próprio umbigo — exclamou Denise.

Espantado, seu Lucas olhou pra mim, depois pra Denise, então procurou os olhos de meu pai e falou, desconsolado:

— Não entendo, ele está jogando fora um bilhete premiado. Não entendo — ele repetia, sacudindo a cabeça, olhando pro meu pai que, conciliador, disse:

— Lucas, acho que hoje não é o melhor dia pra gente falar sobre isso. Conheço o Delém, ele está sob efeito dos acontecimentos. Quem sabe durante a semana...

Aproveitei a deixa, pedi licença e, num impulso inesperado, convidei a Denise pra sair comigo. De onde estávamos, avisei minha mãe que não ia jantar, comeria em alguma lanchonete.

Na rua, assobiando, alegre, senti o vento fresco da noite recente. Olhei no rosto claro da "carrapata zoiuda" e senti um estranho calor no peito. Como eu nunca tinha notado antes? Tive vontades desencontradas e doidas: me encontrar com o Zito, não sabia propriamente por quê, pegar a mão da Denise, beijar a sua boca. E tudo isso precisava ser feito naquele dia, o dia seguinte estava longe demais, não existia. Olhei fundo nos seus olhos, que já não me pareciam tão grandes, e falei:

— Está disposta a fazer uma bobagem?

— Depende da bobagem.

— Ir à casa do Zito, lá no Quintino.

— No Quintino? Pra quê?

— Eu queria conversar com ele.

— Ué, então vamos.

Não fossem o abraço, que um solavanco do ônibus praticamente provocou, e o beijo, que nem sei ao certo como aconteceu, teríamos perdido a viagem: o Zito não estava em casa.

— Delém, posso saber o que você tanto quer falar com o Zito? — Denise me perguntou.

— Nada importante, só preciso lhe explicar que, se depender de mim, nunca mais alguém vai passar a vida mancando, sentindo as consequências de uma luxação em alguma parte do corpo. Pelo menos não em razão de uma atitude pensada. Amanhã falo com ele.

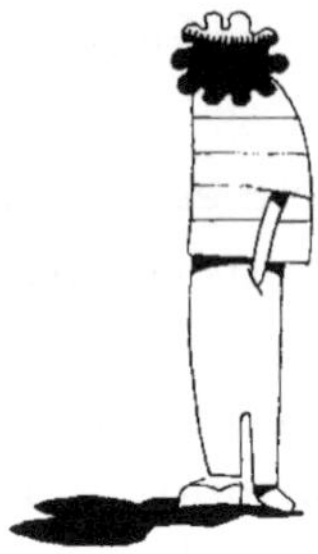

Mas a conversa não foi bem essa

Só me encontrei com o Zito dias depois. Contei que seu Lucas tinha pensado em me levar pra equipe profissional.

— Eu tinha certeza, Delém!

— Pois é, só que não vou.

— Por quê?!

— Sei lá, Zito. Coisas da minha cabeça. Descobri coisas mais importantes do que jogar futebol.

— Mas, Delém, todo mundo gostaria de ter uma oportunidade dessas!

— Pois é. Só que eu não quero mais. Tem uns negócios difíceis de explicar nessa história toda. Talvez um dia...

Começamos a andar. Espantado e inconformado, o Zito caminhava olhando pro chão. Prestei atenção em seus passos: ele não manquitolava nem um tiquinho. Pelo menos pra andar normalmente. Talvez pra correr, chutar...

— Zito, seu pé ainda dói?

— De vez em quando. Muito raro. Sabe, quando muda o tempo, principalmente quando esfria ou vem chuva. Acho que até sou capaz de prever o tempo — ele contou, rindo. — Um pouco antes de chover, um pouco antes de esfriar, vem uma dorzinha fininha, no osso, bem lá no fundo do tornozelo. Não chega a ser dor, mais um incômodo. Se a mudança do tempo é muito brusca, dói mais.

— Gozado, né? Já faz tanto tempo ...

— O médico avisou que isso vou sentir sempre, por toda a vida. Não deixa de ser interessante: o homem que prevê o tempo no tornozelo esquerdo.

Rimos e continuamos caminhando pela Praça XV. De repente, segurei o Zito pelo braço, olhei bem pra ele, baixei os olhos e fiz a pergunta, encalacrada há anos:

— Zito, você não pensa que, se não fosse por minha causa, o seu tornozelo seria normal e talvez você pudesse se tornar um profissional?

— Eu? Vê lá! Foi um acidente, Delém! Por incrível que pareça, tem hora que penso que foi a melhor coisa que aconteceu em minha vida. Não fosse isso, seu pai e você não teriam se tornado nossos amigos e nos ajudado. Mais importante ainda: não fossem vocês, eu não trabalharia num laboratório de prótese, onde consegui uma profissão e perspectiva pro futuro. Acho que ainda não te contei, né? Mas entrei num curso de prótese e penso em fazer Odonto. Quais opções eu tinha antes? Nenhuma. Mesmo que você tivesse me arrancado as pernas, teria valido a pena, pois protético ou dentista, você sabe, precisa é de habilidade manual. E isto eu tenho. E continuaria tendo mesmo sem pernas.

Senti uma alegria forte. Uma vontade de chorar. Olhei pra árvore. Não sei se vi ou imaginei flores vermelhas caindo em cachos. Mas as lágrimas embaçaram minha vista. Enxuguei os olhos com as costas da mão e disse:

— Sabe, Zito, estes anos todos tenho me perguntado se você não ficou com raiva de mim, se você me perdoou, coisas assim.

— Raiva do quê? Perdoar o quê?

Não segurei lágrimas, nem soluços.

— Que que foi, Delém? — ele perguntou sem compreender o que estava se passando.

Bem, aqui começa uma nova história

Na sexta-feira à noite, meu pai me chamou e perguntou o que deveria responder pro seu Lucas, que pedia insistentemente que ele me aconselhasse, falasse alguma coisa a respeito de disciplina, mostrasse a oportunidade que eu estava jogando fora, caso saísse da equipe júnior do Botafogo.

— Expliquei que a decisão é inteiramente sua. Quanto à questão da indisciplina, problema entre vocês dois, você e seu técnico, você e seu preparador físico, você e seu clube. Minha influência se limita a um ou outro conselho. Na verdade, o problema é exclusivamente seu.

— Indisciplina! — murmurei. — E os exercícios que fiz sem que ninguém mandasse. E tudo que corri pela cidade? Quer dizer que todo esse esforço não é disciplina? Eles misturam as coisas: acham que sou indisciplinado porque me recuso a jogar duro, porque entendo que não devo dar pancada, mas agir com lealdade em relação ao adversário. Quer dizer, eu pensar e agir de acordo com minha consciência é indisciplina. Querem que a gente seja feito bonequinho de pebolim: o técnico ou sei lá quem maneja e a gente faz, certinho, tudo o que querem. Não sou boneco, oras bolas! Tenho minha própria cabeça, e acho que devo agir de acordo com o que penso.

— Ótimo. Também penso assim. Mas gostaria que você refletisse mais um pouco sobre o assunto e me dissesse o que respondo pro Lucas.

— Pai, já pensei o que chega. Diga pra ele que não quero mais jogar futebol profissionalmente. Só pra me divertir, pra fazer exercício.

— Você tem certeza? Não vai se arrepender depois?

— Acho que não, mas se isso acontecer, volto a jogar, uai! —

Notei que ele estava desconcertado, expliquei: — Lembra o que aconteceu com o Zito, quatro anos atrás? Aquele dia, todo o mundo me elogiou, saí no jornal como herói. Bem, depois, fiquei até outro dia desses remoendo uma culpa que só saiu de mim depois que o Zito me falou que tinha sido um acidente e que, mesmo que eu tivesse arrancado as suas duas pernas, ele ainda estaria agradecido, porque nós o ajudamos muito, e a sua família. Isto não saiu em nenhum jornal nem foi elogiado por ninguém. Agora, pergunto: o que foi mais importante, os gols que marquei, os campeonatos que ajudei a conquistar ou a felicidade do Zito e de sua família?

— Delém, você está misturando as estações. Nós já tínhamos conversado sobre o acidente com o Zito, fizemos tudo o que fizemos e não foi pra compensar algum mal que você

tivesse feito a ele. Fizemos o que achamos que devíamos fazer, porque tínhamos condição. E não foi nada demais: só instruímos, orientamos. Eles que fizeram o mais importante: mudaram de vida, se readaptaram. Você está misturando as estações.

— Não estou, pai. Como jogador de futebol, me sinto assim uma espécie de vilão fantasiado de herói. Não quero viver carregando esse sentimento. E pra terminar: estou fazendo exatamente aquilo que o senhor me ensinou, desde quando me empolguei por futebol: estou colocando o futebol em seu devido lugar. O senhor mesmo não diz que o espaço que o futebol ocupa em nossa vida é exorbitante? E-xor-bi-tan-te! Acho que o senhor conhece esta palavra, não é mesmo?

Meu pai fez sim com a cabeça, conhecia a palavra e a entonação. Continuei:

— Então, cheguei à conclusão: o mundo do futebol é pequeno, se limita a um campo. Nem sempre quem joga melhor vence. Muitas vezes, questões fora do futebol decidem uma partida ou um campeonato. Quase sempre, ganha quem tem mais dinheiro ou é mais esperto. Só que a imprensa, não sei por quê, não diz nada disso. Isso a gente vê quando está lá no meio. Sabe, pra mim foi ótimo: fiz ginástica, suei, corri, desenvolvi os músculos, aprendi a importância da disciplina e da força de vontade. Qualquer outro esporte teria me ensinado as mesmas coisas, todos exigem que a gente supere nossas limitações. Esses troféus, essas medalhas que tenho, nada disso paga a pena de toda essa luta. O que valeu mesmo foi eu ter aprendido essas coisas que estou falando. Aprendi, agora preciso sair dos limites de um campo. O mundo, a vida são muito maiores.

Meu pai me olhou, pensou, tentou falar uma vez, duas vezes, na terceira disse:

— Bem, sou obrigado a concordar. A importância do futebol e outros esportes profissionais é realmente produzida. Supervalorizam e tornam o futebol e-xor-bi-tan-te. — Ele riu. E continuou: — Agora vou responder duas perguntas suas, com uma só frase: sabe por que ninguém quer comentar as mudanças que ajudamos o Zito e sua família a operar em suas vidas? Sabe por que não se mostra a verdadeira face do esporte profissional?

— Não, não sei.

— Porque tudo isso ajuda a mudar o mundo e nem todos querem mudanças.

Bem, aí fiquei pensando, sem entender direito, mas sentindo que meu pai tinha razão, que eu tinha muita, muita, mas muita coisa mesmo pra aprender pela vida afora. Então meu pai pegou o jornal e abriu, pra fechá-lo em seguida e dizer:

— Então falo pro seu Lucas que você não quer compromissos com futebol?

— Pelo menos por enquanto...

— Tudo bem. Mas diga uma coisa: o que você está pensando em fazer de sua vida? Afinal, terceiro ano, no próximo semestre faz o alistamento militar e, depois, vai ter de enfrentar o mundo, que é, como você falou, bem maior que um campo de futebol.

— Pois é, pai, tenho pensado nisso. Tem tanta coisa de que gosto, tanta coisa que tenho vontade de fazer que fico em dúvida. Só tenho uma vaga ideia.

Então a Denise chegou, interrompendo nossa conversa. Nos cumprimentou e perguntou se eu tinha me esquecido de que íamos ao cinema. Estávamos atrasados.

Olhei pro meu pai, pros olhos castanhos da Denise, percebi que os dois estavam rindo. Senti uma alegria enorme e disse pra ele:

— Bem, essa questão do que vou fazer na vida é uma nova história que só começa no ano que vem, não é mesmo?

— Acho que não — ele respondeu, olhando pra Denise.

— Só espera eu trocar de camisa, um minuto — falei, me levantando e correndo pro meu quarto, pensando como eu pude passar tanto tempo sem reparar que a Denise não era nenhuma "carrapata zoiuda".

Fernando Vaz nasceu em Santa Rita do Passa Quatro (SP). Fez grupo, ginásio e colegial no interior, em escolas da rede pública. Estudou na Faculdade de Direito da USP, foi funcionário público e, por mais de 25 anos, bancário.

Com suas palavras: "Ler, escrever, estudar, para mim, são funções vitais, como respirar e comer. Nunca deixei de criar, mesmo quando eu não vivia de escrever. Mas minha paixão é o romance, a mais radical manifestação da liberdade humana, pois, para escrevê-lo, é necessário criar um mundo.

O que eu mais gostaria? Viver muito, para ler todos os autores que fosse capaz, e escrever pelo menos metade dos livros projetados".

Carrego no peito, *É tudo mentira* e *O estranho doutor Pimenta* são seus outros títulos publicados pela Editora Saraiva.